# 빌어먹을 아미들

샤이나크 현대판타지 장편소설

**빌어먹을 아이돌 10**

**초판 1쇄 발행 2024년 11월 25일**

지은이 ㅣ 샤이나크
발행인 ㅣ 최원영
편집장 ㅣ 이호준
편집디자인 ㅣ 박민솔
영업 ㅣ 김민원 조은걸

펴낸곳 ㅣ ㈜ 디앤씨미디어
등록 ㅣ 2002년 4월 25일 제20-260호
주소 ㅣ 서울시 구로구 디지털로32길 30 코오롱디지털타워빌란트 1301-1308호
전화 ㅣ 02-333-2513(대표)
팩시밀리 ㅣ 02-333-2514
E-mail ㅣ papy_dnc@dncmedia.co.kr
블로그 ㅣ blog.naver.com/gnpdl7


ISBN 979-11-364-5800-1 04810
ISBN 979-11-364-5289-4 (SET)


※ 저자와 협의하여 인지는 붙이지 않습니다.
※ 이 책은 ㈜ 디앤씨미디어(파피루스)가 저작권자와의 계약에 따라 발행한 것으로 본사와 저자의 허락 없이는 어떠한 형태나 수단으로도 내용을 이용할 수 없습니다.

Vol. 10

PAPYRUS MODERN FANTASY

붙어먹을 아이돌

샤이나크 현대판타지 장편소설

PAPYRUS
파피루스

Album 19. Change
······ 7

Album 20. 꺾이지 않는 마음
······ 163

## Album 19. Change

윈터 크림의 방송 무대를 지켜보고 있던 대중들은 딱 한 가지 생각만 했다.

-ㅈㄴ 잘하네ㅋㅋ
-미친놈들인가ㅋㅋㅋ
-음원이 너무 좋아서 라이브는 좀 아쉬울 줄 알았는데; 역대급인데...?
-이런 애들한테 목소리 후보정 논란이 있었다는 게 유머ㅎ
-솔직히 후보정을 안 하는 게 논 프로페셔널인 건데.... 그것도 최대호가 만들어 낸 논란이었을 듯.

세달백일의 무대가 완벽했다는 것이었다.
심지어 이건 라이브였다.
누가 봐도 티가 나는 라이브.

-1위 공약으로 쌩라이브 걸던 놈들... 컴백 무대에 남들 다 까는 AR을 패싱하는 놈들... 그러면서도 음원보다 좋은 놈들....
-MR 제거 유투버의 생태계를 위협하는 외래종들... AR 제작자들의 월급을 줄이는 악덕 대표....
-그저 돌판의 GOAT....
-빛달빛일....
-빛빛빛빛....

물론 이런 반응들은 누군가에게는 과한 칭찬처럼 보이기도 했다.
모든 가수들이 빡세게 준비하고 나오는 음악 방송에서 다른 가수들과 차별화될 정도로 뛰어나긴 쉽지 않은 일이었으니까.

-세달백일도 알바 ㅈㄴ 많이 쓰네ㅋㅋ 뭔 음방 가지고ㅋㅋ

그러나 어그로는 여론이 50 : 50, 하다못해 70 : 30은 되어야지 끌리는 것이었다.

100 : 0이면 소용이 없다.

그리고 지금은 세달백일의 무대가 100이었다.

-음방을 안 봤거나, 라이언 엔터 직원이거나, 최대호거나 셋 중 하나겠네.
-세달백일 안티일 수도 있직ㅋㅋ
-저 무대를 보면 안티도 입덕할걸?

이론적으로 라이브가 음원보다 좋은 건 불가능하다.

음원이란 가수의 목소리가 만들어 내는 모든 요소를 가장 듣기 좋게 극대화시키는 거다.

디렉팅, 레코딩, 마스터링, 믹싱 등의 모든 기술적일 요소를 통해서.

그러니 라이브가 음원보다 좋다는 말 자체가, 저런 기술적인 과정에서 실수가 있었다는 뜻이다.

그게 아니라면 라이브가 더 좋을 수는 없다.

하지만 그럼에도 불구하고 음원보다 라이브가 좋다라는 평가를 찾아보는 건 어렵지 않았다.

그 이유는 대부분 몰입감 때문이었다.

마이크의 팝 필터를 보고 녹음한 노래와 눈앞의 사람을

보고 부른 노래가 주는 전달력의 차이.

전자가 범용성이라면, 후자는 특수성이다.

마스터링 용어로 따지자면 단일 지향성 사운드와 다중 지향성 사운드의 차이일 것이었다.

물론 세달백일이 정말 그 정도로 음파의 차이를 낸 건 아니지만, 그럼에도 사람들은 느낀다.

저 음악이 나한테 와닿는지 와닿지 않는지.

그래서 음악도 예술인 것이었다.

그리고 한시온은 그 누구보다 그걸 잘하는 사람이었고, 세달백일은 그 누구보다 부지런히 한시온의 뒤를 쫓는 사람들이었다.

심지어 그들이 부른 노래는 앨범의 하위 트랙임에도 모든 기록을 부숴 버린 〈Winter Cream〉.

평범하게만 불러도 좋지 않을 도리가 없는 노래였다.

상황이 이렇다 보니 세달백일의 무대에 맞춰서 여론을 선동해 보려던 믹스 웨이의 팬덤이 침묵했다.

그들도 아는 것이었다.

지금 세달백일의 무대를 폄하해 봤자 역공밖에 안 맞는다는 걸.

그러나 공격할 수단이 없는 건 아니었다.

역시 이럴 때 가장 쉽게 언급할 수 있는 건 태도다.

-아니ㅋㅋㅋㅋ 세달백일 잘하는 건 동감인데, 음방을 너무 장난처럼 여기는 거 아님?
-약간 그렇긴 하지... 생일 축하를 할 거면 끝나고 하지;
-심지어 한시온은 모르던 눈치임. 라이브도 한 번 절었고, 춤도 혼자 반대 방향으로 추고.
-음방이 장난이니 얘들아...?

그러나 좀 애매한 논지였다.
무대가 어설픈 채로 생일 축하를 했다면 이런 비난에 동조될 수 있겠지만, 무대가 완벽했다.

-보기 좋으면 그만 아님? 어차피 음방이 보기 좋게 노래 들려주는 건데ㅋㅋㅋ
-내 말이ㅎㅎ 별 ㅈㄹ을 다하네.
-믹스 웨이 팬덤이네ㅋㅋ

그쯤 해서 글 리젠이 급격히 줄어들었다.
드디어 믹스 웨이가 등장한 것이었다.
세달백일과 마찬가지로 2곡을 부르는 믹스 웨이의 사녹곡이 먼저 송출되었다.
사녹곡은 훌륭했다.

-생각보다 나쁘지 않네?

-근데 노래가 너무 뻔하다ㅋㅋ

-ㅇㅇ 글킨 한데, 그래도 내가 생각한 것보다는 훨씬 잘하네.

-나도 글케 생각함. 초동 좀 많이 팔았다더니 이유가 있네?

-야 근데 미니시리즈 주연급 셋이 한 그룹이네ㅋㅋㅋ 이것도 대단하다.

-그니까. 라이언 엔터는 배우상을 선호하는 회사가 아닌데.

-춤개빡이네.

-AR이 좀 빡세긴 하다잉?

-근데 사녹곡은 대부분 그렇지 뭐. 세달백일이 특이한 거임;

-심지어 빛빛빛빛도 사녹곡은 AR 좀 깔았었음.

-ㅇㅇ 보통 효과가 필요하거나 라이브하기 힘든 곡을 사녹으로 빼는 경향이 있으니까.


대중, 흔히 말하는 머글들의 반응은 나쁘지 않았다.

세달백일 때처럼 확 끓어오르는 건 아니지만, 적어도 낮은 평가는 아니었다.

오히려 기대가 없으니 반전도 노려 볼 수 있는 분위기

였다.

 사실 오늘 음방을 시청하는 일반 대중들 중 대다수는 믹스 웨이의 노래를 한 번도 들어 보지 않은 이들이 많았다.

 절반쯤은 세달백일과 믹스 웨이가 충돌한다는 것에 흥미를 느끼고 불구경을 온 것이었고, 나머지 절반쯤은 세달백일의 앨범만 듣고 '세달백일과 비빈다고?'라는 생각으로 온 것이었으니까.

─어쩌면 분위기 반전될 것 같은데?
─원래 머글들이 편견 없이 중립적일 때가 있으니까.
─칭찬하는 반응 위주로 좀 모아 보자.

 그래서 믹스 웨이의 팬들은 희망을 품었다.
 온 머리로 부정하려고 노력하고 있지만, 세달백일이 압도적으로 잘했다는 건 모두가 안다.
 심지어 몇몇 이들이 세달백일을 이기는 건 불가능하다고 판단할 정도로.
 덕심으로 단결된 팬덤이 이런 생각을 한다는 건, 세달백일의 무대가 정말로 굉장했다는 걸 뜻했다.
 그러나 이런 분위기라면 오히려 후광 효과에 편승할 수가 있다.

세달백일이 말도 안 되게 잘했지만, 믹스 웨이가 거기에 비볐다?

심지어 초동은 이겼다?

이걸 잘 엮으면, '세달백일급'이라는 평가도 받을 수 있는 거다.

본인 스스로를 냉철하다고 생각하는 이들이 이런 계산을 하고 있었지만…….

문제는 있었다.

곡의 배치였다.

세달백일은 사녹곡 〈STAGE〉와 현장곡 〈Winter Cream〉을 불렀다.

〈STAGE〉는 확실히 춤이 타이트한 곡이었다.

슬로우 잼이라는 장르는 BPM 자체가 빠른 편은 아니었는데, 춤은 역설적으로 BPM이 느릴수록 동작이 많다.

물론 흑인 R&B 싱어들이 추는 미디엄 템포 이하의 춤이 없는 건 아니지만, 케이팝 산업과는 썩 어울리지 않는다.

그러다 보니 느린 BPM에 맞춰서 더 많은 동작을 취해야 하고, 더 화려하게 움직여야 했다.

믹스 웨이의 사녹곡도 같은 결이었다.

K팝 특유의 트로피컬 하우스의 리듬을 내세운 〈Let's Go Camping〉이란 노래는 쾌활하지만 빡센 군무를 가진

곡이었다.

이 두 곡이 사녹곡으로 빠지는 건 당연하다는 것이었다.

그리고 세달백일의 〈Winter Cream〉과 믹스 웨이의 〈Star Way〉는 보컬에 좀 더 치중된 곡이다.

즉, 곡의 배치와 결이 비슷해서 직접 비교가 된다는 말이었다.

믹스 웨이의 팬덤은 여기서 불안함을 느끼고 있었지만, 애써 외면했다.

'잘할 거야.'

'우리 애들은 천재니까.'

그렇게 방송된 믹스 웨이의 타이틀곡인 〈Star Way〉는……

-ㅋㅋㅋㅋㅋㅋㅋㅋㅋㅋㅋㅋㅋㅋㅋ
-아니 뭐임ㅋㅋㅋㅋ
-이거 예능 프로그램 잘못 튼 거 아니지?
-음방도 예능이긴 하지ㅋㅋㅋㅋ

온갖 조롱거리가 되었다.

이유는 정말 간단했다.

노래를 못 불렀으니까.

심지어 라이브로.


-얘네는 왜 라이브함?
-방송 사고 같은데? ㅈㄴ 당황하는 게 보이잖아ㅋㅋㅋ
-설마 세달백일 세팅 그대로 간 거 아님?
-에이 설마ㅋㅋㅋㅋ 방송국이 무슨 ㅂㅅ집단이냐.
-응 맞잖아?
-그러네?


믹스 웨이 입장에서는 억울한 일이었다.

그들이 연습한 사운드와 다르게 무대를 소화해야 했으니까.

하지만 이런 건 변명이 될 수 없었다.

가수에게 타이틀 곡이라 하면 수백 번 연습하고, 부르는 곡이다.

그러니 어떤 상황에서도 기본기로 부를 수는 있다.

실제로 이런 방송 사고가 전혀 없었던 건 아니고.

그러니 이건 변명을 해 봤자 추해지는 구도였다.


[실시간 난죽택을 선택한 믹스 웨이ㅋㅋㅋㅋ]
[?? : 한시온! 라이브로 붙자!]

[믹스 웨이 팬덤 진공포장학과급 댓글들ㅋㅋㅋㅋ]

-네 녀석들... 설마 명예로운 죽음을 택한 거냐?
-?? 여기 어디에 대체 명예로움이 있는데ㅋㅋㅋㅋㅋㅋ
-"정정당당"
-아 그런 거면 킹정이지ㅋㅋ;
-이 시대 마지막 낭만돌... 조작된 싸움 대신 명예로운 죽음을 택한 할복돌... 그곳에서는 부디 평안하길....
-ㅋㅋㅋㅋㅋㅋㅋㅋ할복돌
-미친놈들ㅋㅋㅋㅋㅋㅋㅋㅋㅋ
-아 오늘 드립 흥하네ㅋㅋㅋㅋ

물론 그렇다고 모든 믹스 웨이 멤버들이 무너진 건 아니었다.

비인기 멤버인 메인보컬은 고음과 하이라이트 파트에서 꽤 화력을 뽐냈고, 서브 래퍼는 단단한 랩을 선보였다.

심지어 두 사람은 중간에 라이브라는 걸 깨닫고 어떻게든 수습하기 위해서 화음을 넣고, 더블링을 치는 노련함도 보여 줬다.

그러나 그 외의 멤버들이 마이크를 잡는 순간 무대의

질이 확 변했다.


-망한 조별 과제를 어떻게든 하드 캐리 하려는 조장 같네;
-환자분 심폐 소생 하실게요~
-?? : 숨 안 쉴래요.
-쟤 누구냐. 쟤만 잘 부르네.
-메인 보컬임ㅋㅋㅋ 이름이 뭐더라. 브롬이었나.
-프롬임;
-그러니까 이게 프롬의 최종 데뷔 선발전 같은 거죠? 나머지 참가자들은 탈락이고?
-그럼 저 래퍼도 붙여 줘야지.
-ㅇㅈ


민심은 요동쳤지만, 엄밀히 따지자면 믹스 웨이의 무대는 생각처럼 나쁜 건 아니었다.

사실 라이언 엔터는 세달백일의 등장 이전에도 말도 많고 탈도 많은 회사였지만, 늘 톱 티어 아이돌을 보유한 회사였다.

그 이유는 최대호의 안목과 더불어 회사에 깊이 자리 잡은 트레이닝 시스템이었다.

그러니 조리돌림을 당하는 현 상황은 그들의 실력에 완

전히 합당하는 평가는 아니었다.

 문제는 그동안 믹스 웨이가 '합당한' 수준을 넘어선 마케팅을 시도했다는 것이었다.

 그들은 세달백일을 물고 늘어졌고, 초동 수치를 통해서 두 그룹을 비슷한 체급으로 만드는 이미지 메이킹을 시도했다.

 문제는 최대호가 적정한 선에서 멈추려고 했던 마케팅이 자체적인 생명을 얻어서 퍼져 나갔다는 것이었다.

 그러니 대중들의 입장에서는 두 그룹을 잔혹할 정도로 비교하는 게 이상한 일은 아니었다.

 '라이언 엔터, 니들이 바라던 거잖아?' 라는 생각이 드니까.


-엠쇼 너무한 거 아니야? 분명히 사전에 협의도 없이 라이브로 바꾼 눈치였는데….

-소속사가 얼마나 무능하면 이런 돌발 상황으로 꼽을 주는 거야?

-정말 정떨어진다….


 믹스 웨이의 팬덤은 어떻게든 믹스 웨이의 실력 탓이 아니라는 반응을 이어 갔지만, 호응을 받진 못했다.

 그들의 커뮤니티 안에서 돌아갈 뿐이었지.

현장에서 당황한 건 세달백일도 마찬가지였다.

"아니, 저거 우리 AR 세팅인데……?"

"방송국 실수야?"

"그런 게 아닐까……?"

"좀 억울하겠다. 연습한 게 많을 텐데."

잠시 뒤, 믹스 웨이가 무대에서 내려오고 음방 스태프들이 난리가 난 게 보여서 다들 그렇게 결론을 내릴 수밖에 없었다.

하지만 구태환은 슬쩍 곁눈질로 한시온의 얼굴을 확인했다.

별다른 표정의 변화는 없었지만, 구태환은 이제 한시온의 감정을 어느 정도는 유추할 수 있다.

한시온은…….

흡족해하고 있었다.

그러니 알 수 있었다.

엠쇼 관계자들도, 라이언 엔터의 관계자들도 당황하고 있는 이 사태는 한시온의 작품이라는 걸.

'대체 어떻게?'

구태환은 잠시 그런 의문을 품었지만, 이내 고개를 저었다.

한시온은 종종 나쁜 짓을 하지만 별로 상관없다.

먼저 공격하는 경우가 없고, 무엇보다 그들은 같은 편

이니까.

\* \* \*

"3월 첫째 주 1위는!"
"바로……! 세달백일! 축하드립니다!"

\* \* \*

3월 3일. 엠쇼의 음악 방송, 믹스 다운 1위의 영광은 세달백일에게 돌아갔다.

점수로 보면 아슬아슬하긴 했다.

영혼을 끌어모은 믹스 웨이의 초동 판매량과 방송 활동 점수가 무시무시했기 때문이었다.

그러나 음원 점수에서 너무 큰 격차가 벌어졌다.

엠쇼는 음원 판매 점수를 가장 높게 잡아 주는 방송국이었기에 이런 일이 발생한 것이지만, 방송 활동 점수에 대한 논란이 좀 있긴 했다.

TV 프로그램에 얼굴을 비춘 적이 없었던 세달백일의 방송 활동 점수가 0이 아니기 때문이었다.

이에 믹스 웨이 팬덤이 열렬히 항의했지만.

-방송 활동 점수가 0이었어도 세달백일이 이긴 거 아님?
-ㅇㅇㅇ 맞지. 음원 차트 톱5에 믹스 웨이 노래가 없잖아.
-체급의 세달백일은 여전하다.

호응을 얻진 못했다.
음방과 동시에 대중들의 마음이 한쪽으로 완전히 기운 상태였으니.
당연히 세달백일 쪽으로.
세달백일은 음원 못지않게 혹은 음원보다 더 무대를 잘했고, 믹스 웨이는 음원에 비교도 할 수 없이 망했다.
아이돌에게 노래가 전부는 아니지만, 무대는 너무나 중요하다.
가수니까.
음방 이후 이런 상황이 벌어지자, 라이언 엔터와 SBI 엔터는 부지런히 움직이기 시작했다.
둘 중 더 바쁜 건 라이언 엔터였다.
라이언 엔터가 가장 먼저 한 일은 엠쇼 측에 항의를 하는 것이었다.
마이크 세팅이 바뀌었으며, AR 세팅이 바뀌었다.
덕분에 가수가 이미지적으로 심각한 타격을 받았다.

이건 몹시 심각한 문제였다.

특히 당일 음방에 출연한 가수들 중 믹스 웨이에게만 이런 일이 벌어졌다.

한데, 믹스 웨이는 세달백일과 대립 구도를 형성 중이었고 엠쇼는 세달백일의 앨범에 투자를 했다.

누가 봐도 의심스러울 수밖에 없었다.

그러나 여기서 문제는 엠쇼조차 이런 일이 왜 벌어졌는지 모른다는 것이었다.

"진짜 실수야?"

"실수인 것 같습니다."

"같습니다는 뭐야?"

"또 모르죠. 누가 SBI 엔터에서 돈 받고 도와줬을지."

"야! 그게 CP라는 놈이 할 말이냐?"

"현장 소관은 PD 아닙니까? 저한테 이러지 마세요."

"어휴. 그걸 말이라고 하냐?"

"위에선 뭐라고 합니까?"

"몰라. 말이 많아. 결과적으로 잘됐다는 분들도 있고, 아무리 그래도 방송국 가오가 있는데 이게 말이 되냐는 분들도 있고."

"그래서 어떻게 될 것 같습니까?"

"라이언 엔터한테 달렸지. 그쪽에서는 공정위에 신고한다고 엄포를 놓더라고."

"아니 뭐 공정위가 도깨비방망인가."

"액션이라도 취하겠다는 거지. 믹스 웨이는 무너지긴 아깝잖아."

"하긴, 체급에 비해서 매출이 엄청 높은 그룹이죠."

"그래."

"근데 세달백일 붙들고 초동으로 언플 한 건 그쪽이 먼저 아닙니까?"

"야, 너지? 너가 세달백일에게 돈 받고 해 준 거지?"

"아이, 사람을 뭘로 보고."

엠쇼의 예능국장과 음방의 CP는 이런 대화를 나눴지만, 둘 다 알고 있었다.

결국 이번 일은 별 탈 없이 넘어갈 거고, 유야무야될 것이라는 걸.

라이언 엔터의 입장에서도 엠쇼와 완벽하게 척을 질 수는 없고, 엠쇼도 자신들이 라이언 엔터를 물먹였다는 걸 인정할 리가 없다.

공정위가 소환된다고 하더라도 이런 일에 개입할 리가 없고, 설령 개입하더라도 아무 일도 없을 것이다.

음방 현장에서 방송 사고가 나는 건 이번이 처음이 아니다.

마이크 세팅이 망가지는 것도 처음이 아니다.

심지어 모 인디 밴드가 음방에 나왔을 때는 기타 소리

가 아예 송출되지 않았던 적도 있다.

그때 베댓이 '베이스가 이렇게 잘 들리는 악기인 줄 알게 해 준 엠쇼에게 감사하다.'였다.

두 번째 베댓은 '인디 밴드가 인기를 얻으면 곤란해질까 봐 일부러 한 거다.'였다.

당시에는 담당자들이 엄청나게 욕을 먹었지만, 이런 게 다 방송국의 역사다.

길고 긴 역사 안에서 벌어졌던 실수가 또 한 번 벌어지는 건 이상한 일이 아니다.

다만 예능국장이 궁금한 건.

'진짜 우연? 아니면 SBI 엔터가 손을 쓴 건가?'

전자라면 하늘이 돕는 놈들이고, 후자라면 무서운 놈들이다.

저런 생각을 하는 게 무서운 게 아니다.

솔직히 아무나 할 수 있고, 세울 수 있는 생각이다.

그러나 그걸 실행으로 옮기는 이들은 별로 없다.

미친놈이 즐비한 쇼 비즈니스 바닥에서도 그런 짓을 할 놈은 많지 않기 때문이었다.

'한번 떠봐?'

예능국장은 그런 생각을 하다가 서늘한 표정을 짓는 한시온의 얼굴이 떠올라서 흠칫 했다.

회사의 대표도 아니고, 일개 가수의 얼굴이 떠오르는

건 웃긴 일이지만······.

 이 바닥에서 세달백일과 SBI 엔터의 선장이 한시온이라는 걸 모르는 사람이 없긴 하다.

 결국 예능국장은 생각을 접었다.

 어차피 떠본다고 하더라도 SBI 엔터 측에서는 무조건 부정할 것이니까.

 결코 한시온의 반응이 무서워서가 아니었다.

 "그래, 나가 봐. 아, 아니다. 라이언에서 다음 주 음방에 대해서 이야기한 거 있으면 알려 주고 가."

 "현 사태를 어떻게 수습하는지에 따라서 다를 것 같다는 뉘앙스였습니다."

 "전부 다 그쪽 뜻대로 해 줘. 우리가 일부러 그랬다는 걸 인정하는 것만 빼고."

 "일부러 그런 것도 아니지 않습니까?"

 "그래, 당연히 아니지. 이런 실수가 처음 있는 것도 아니고."

 그렇게 실무자와 윗선의 연결 고리는 합의를 봤다.

 이 합의는 곧 윗선까지 올라갈 거고, 결국 엠쇼 전체의 입장이 될 것이었다.


 이렇게 라이언 엔터가 엠쇼에게 항의를 하고, 믹스 웨이 팬덤의 불만을 가라앉히고, 언론을 통제 중이라면,

SBI 엔터는 반대로 움직였다.

오늘의 일에 최대한 장작을 퍼붓고, 널리 퍼져 나가게 만들기 시작했다는 것이었다.

그들의 목표는 세달백일의 3주 차 판매량과 믹스 웨이의 2주 차 판매량의 통렬한 비교였다.

그리고 결과적으로 두 그룹의 한 달치 판매량 비교를 온 세상이 알게 되는 것이었다.

라이언 엔터가 시작을 했지만, 끝은 그들이 맺겠다는 것이었다.

"기자들 반응은 어때?"

서승현 본부장의 질문에 부하 직원이 즉답했다.

"활활 타오릅니다."

"기자들이 거의 홍보 자료를 실시간으로 보는데요?"

"정신없이 기사 쓰는 것 같습니다."

당연한 일이다.

오늘 세달백일은 완벽했고, 믹스 웨이는 망신을 샀다.

그렇다면 기자들은 어느 포인트에 집중할까?

세달백일의 완벽함?

믹스 웨이의 망신살?

정답은 후자다.

대중들은 긍정의 스피치보다 부정의 스피치를 좋아한다.

누군가를 조롱하고, 혐오하고, 놀릴 수 있다면 깊이 몰입한다.

대중들에게는 생각보다 훨씬 잔인한 면모가 있기 때문이었다.

지금 SBI 엔터의 홍보팀과 라이언 엔터의 홍보팀이 격돌하는 것만 봐도 알 수 있었다.

사실 체급으로 따지면 SBI 엔터가 라이언 엔터를 이길 수가 없다.

라이언 엔터가 아무리 삐끗했다지만, 그들은 연예계 카르텔의 중심이었다.

기자들의 지갑에 넣어 준 돈만 해도 어마어마할 거고, 형성한 유대감도 끈끈할 것이다.

그러나 막상 싸움이 붙으니 SBI 엔터의 홍보팀이 라이언 엔터를 압도하고 있다.

이건 회사의 화력이 아니라, 주제의 화력 때문이다.

라이언 엔터는 긍정의 워딩을 부탁했고, SBI 엔터는 부정의 워딩을 부탁했기 때문이었다.

결과적으로 대중들은 믹스 웨이와 세달백일의 앨범 판매량을 실시간으로 비교하게 될 거다.

그러나, 서승현 팀장은 묘한 미소를 지었다.

조금 아쉬운 듯한.

세달백일을 서포트하는 입장에서 할 생각은 아니지만,

대중들이 믹스 웨이를 너무 조롱하진 않으면 좋겠다.

믹스 웨이의 멤버들은 어리고, 회사에서 시키는 대로 했을 뿐인 이들이다.

초동 수치를 물고 늘어지는 걸 어디 믹스 웨이가 계획했겠는가?

천하가 SNS로 조금 까불긴 했지만, 그 정도는 20대 초반의 남자라면 얼마든지 할 수 있는 일이다.

믹스 웨이라는 팀을 사랑하는 멤버가 공통의 적에게 도발을 시전하는 게 대단히 나쁜 일도 아니고.

그럼에도 불구하고 서승현 본부장은 로맨티스트가 아닌 회사원이었다.

낭만을 찾으라고 회사에서 월급을 주는 게 아니다.

그가 할 일은 정해져 있었다.

"친한 기자들 중에 펜대 좀 매끄러운 사람 있으면 섭외해 봐."

"바로 생각나는 사람이 있습니다."

"그럼 기획 기사 하나 쓰자. 케이팝 가수들의 라이브에 대해서. 사실 라이브를 하는 게 당연한 거라는 식으로."

"그 논지의 끝에는 믹스 웨이가 있겠죠?"

"그래. 음방의 AR 설정 어쩌구 하는 소리는 쏙 들어가게. 가수면 그 정도 상황에서 라이브를 할 수 있어야지."

　　　　　　＊　＊　＊

　한동안 인터넷 세상이 시끄러웠다.
　라이언 엔터가 애를 썼지만, 바뀌는 건 없었다.

　-퍼포먼스 자체가 나쁜 건 아니지만, 노래가 우선되어야 하는 거 아냐?
　-그치. AR로 노래 부르고 우리 춤 잘 춰요! 멋지죠! 하는 것도 이상함;
　-그럴 거면 댄서를 해야지.
　-세달백일 봐 봐. 첨에 케이팝스러운 거 못한다고 까였는데, 노래를 잘하니까 다 소화하잖아.
　-한시온이 찰떡인 노래를 쉬지 않고 만들기도 함.
　-ㅇㅇㅇ

　대중들의 생각에 세달백일은 케이팝 아이돌이 지향해야 하는 정답이 되었고, 믹스 웨이는 지양해야 하는 오답이 되었다.
　더불어 앨범 판매에 대한 이야기도 쉬지 않고 흘러나왔다.
　이제 모두가 알고 있다.
　세달백일 초동 68만 장.

세달백일 2주차 32만 장.
1, 2주 합쳐서 딱 100만 장이다.
믹스 웨이의 초동은 69만 장이다.

-세달백일 3주 차랑 믹스 웨이 2주 차 언제 나옴?
-곧 나옴 ㅋㅋㅋ 한 시간 뒤에 오피셜로 갱신될 듯.
-찌라시로는 믹스 웨이 2주차가 50만 장이라는 소리도 있던데.
-5만 장이라는 찌라시도 있음.
-ㅇㅇ 헛소리가 너무 많이 나와서 오피셜로 떠야 알 듯.

그리고 마침내 공개된 세달백일의 3주 차와 믹스 웨이의 2주 차 판매량에 대한 반응은…….

-???????
-???????????
-오류 아니냐?

물음표가 가득하거나.

-!

-!!!!!!
-이거 오류 아니지?

느낌표가 가득하거나.

-....
-.........
-하... 잘못 기입된 건 아니겠지?

침묵이 가득했다.
이유는 간단했다.

〈STAGE〉
469,3**

세달백일의 3주 차 판매량은 약 47만 장.
1주차의 68만 장에 닿진 못했지만, 2주차의 32만 장을 가볍게 뛰어넘었다.
3주 차에 이 정도 앨범을 팔아 치운다는 건 정말 말도 안 되는 일이었다.
음악이 가진 힘이라고밖에는 설명할 수가 없었다.
이미지 마케팅으로 가능한 일이 아니니까.

그에 반해 믹스 웨이의 2주 차 판매량은.

⟨STAR WAY⟩
100,0**

10만 장을 정말 간신히 넘겼다.
사실 10만 장도 넘기기 힘들었는데, 워낙 이곳저곳에서 억까(그들 입장에서)를 당하다 보니 팬덤이 대동단결을 했다.
이미 팬 사인회에 붙은 이들이 또다시 지갑을 열어 준 덕이었다.
하지만 별 의미는 없었다.

-ㅋㅋㅋㅋㅋㅋㅋ뭔데
-와 3주차에 47만 장을 팔아 치운다고?
-ㅁㅊ 이러면 스테이지 벌써 150만 장 가까이 팔린 거임?
-기록 하나 세우겠는데?
-믹스 웨일ㅋㅋㅋㅋㅋㅋㅋ
-할복돌ㅋㅋㅋㅋㅋㅋㅋㅋ
-ㅋㅋㅋㅋ그니까 누가 초동으로 물고 늘어지래ㅋㅋㅋㅋ

-최대호 감다뒤졌넼ㅋㅋㅋ

 세달백일을 응원하는 이들이 부는 나팔 앞에 믹스 웨이 팬덤은 아무런 말을 할 수가 없었으니까.
 완벽한 K.O였다.

* * *

 믹스 웨이와 세달백일이 '초동-음원 성적-음방 무대-초동 이후 판매량'으로 격돌을 벌이는 사이, SBI 엔터는 꾸준히 Spread 전략에 집중했다.
 카테고리를 정하지 않고, 어떤 식으로든 세달백일의 음악이 널리 퍼져 나가는 데 집중한 것이었다.
 덕분에 최재성의 〈DROP〉이 해외에 퍼져 나가기 시작했고, 해외의 케이팝 팬들도 드디어 세달백일을 제대로 직시하기 시작했다.
 세달백일의 1집 앨범 〈The First Day〉는 H&R 코퍼레이션에서 전담하겠다고 했으니, 더 일이 편했다.
 그러는 사이, SBI 엔터는 〈DROP〉의 인기가 심상치 않다는 것에 확신을 가졌다.
 처음에는 잠시간의 유행인가 싶어서 지켜만 보고 있었는데, 아니었다.

그러니 SBI 엔터가 할 일은 〈DROP〉이 포함된 앨범, 〈STAGE SIDE B〉의 프로모션이었다.

해외에서 〈DROP〉의 사운드를 좋아하는 이들 중 대다수는 이 노래가 케이팝 가수의 유닛 앨범이라는 것 자체를 모르고 있었으니까.

"최재성, 너 녹음할 거 있어. 이건 내가 가이드 뜬 파일이랑 가사 넣어 놓은 거니 받고."

"뭘 녹음해요?"

"Side B 영문 버전."

"……설마 앨범 전체를 다시 레코딩해야 한다는 건 아니죠?"

"맞는데?"

"오, 갓……."

"왜 그래? 해외 프로모션 하기 싫어?"

"그건 좋죠."

"그럼?"

"형이랑 녹음하는 게 싫어요."

"실례야."

"지금 손 떨리는 거 안 보여요? 불가항력적인 반응이에요."

"혀나 좀 떨리지."

"가수가 그래서 쓰나."

사실 세달백일 멤버들은 예전보다 훨씬 수월하게 한시온의 디렉팅을 소화하고 있었다.

특히 이번 2집 앨범을 만들면서는 1집 때와 비교하면 몇 배는 수월하다는 말도 나왔었다.

하지만 최재성의 〈DROP〉, 그리고 〈Stage Side B〉는 아니었다.

〈DROP〉은 뉴 잭 스윙이 가미된 신스 팝이었고, 〈Side B〉는 전반적으로 일렉트로닉 펑크의 정수를 담고 있었다.

그렇다는 건, 최재성이 펑키한 리드미컬함을 소화해야 한다는 것이었다.

소리를 끌어서도 안 되고, 단절해서도 안 된다.

그 사이 어디쯤에서 '적절히' 불러야 한다.

원래 리듬과 펑키는 사운드의 미묘한 연결과 단절 사이에서 나타나는 것이니까.

이게 최재성을 미치게 만들었는데, 오죽하면 〈DROP〉을 녹음하면서 '커밍업 넥스트로 다시 돌아온 줄 알았다.'라는 감상평을 남기기도 했었다.

그래서 최재성이 벌벌 떠는 것이었다.

익숙한 한국어로 부를 때도 그렇게 고생을 했는데, 영어로 부를 때는 오죽하겠는가?

한데, 한시온의 입에서 반가운 이야기가 흘러나왔다.

"이번엔 내가 안 해."

"네? 진짜요?"

"어."

레코딩 디렉터가 다른 사람이라는 것이었다.

"형 어디 가요?"

"미국. 이틀 정도."

"왜요?"

"컬러스 앙코르. 기억나지?"

"어……. 아뇨? 그게 뭐죠?"

"기억이 안 난다고?"

컬러 쇼를 촬영할 당시, 치프 매니저였던 파울이 현장을 찾아왔었다.

그리곤 한시온과 이런 대화를 나누었었다.

"그래서 다음 목표는 뭡니까? 미국에서 활동 계획이 있어요?"

"아뇨. 딱히 없습니다. 아마 다음 미국 활동은 A Colors Encore의 촬영이 되지 않을까요?"

당시의 파울은 한시온의 말을 농담으로 받아들였다.

〈A Colors Encore〉.

앙코르라는 단어 그대로, 컬러 쇼에 출연한 이들의 또 다른 곡들을 소개하는 콘텐츠.

하지만 컬러스 앙코르에 아무나 출연할 수 있는 건 아니었다.

두 가지 조건이 있었는데, 첫째는 컬러 쇼의 영상이 흥행을 해야 한다.

당시 세달백일은 실력은 확실했지만 유명세가 너무 낮아서 컬러 쇼가 흥행한다는 보장이 없었다.

둘째는 앙코르 활동이 이슈를 만들어 낼 수 있다는 확신이 있어야 한다.

컬러 쇼가 뮤지션을 소개하는 콘텐츠라면, 컬러스 앙코르는 뮤지션을 후원하는 느낌에 가까웠으니까.

이 역시 세달백일의 상황에는 맞지 않았다.

최대호의 견제 때문에 한국에서 앨범을 내는 것도 버거웠던 상황이었으니 말이다.

그러니 파울에게 한시온의 말은 농담으로 다가올 수밖에 없었다.

그럼에도 불구하고 당시의 한시온은 자신만만했었다.

"EP가 나오면 아마 컬러스 미디어에서 먼저 저희를 찾게 될 겁니다."

결과적으로 이 말은 반은 맞고 반은 틀렸다.

EP가 아니라 정규 앨범이 나왔으니 틀렸고, 컬러스 미디어가 먼저 연락을 했으니 맞았다.

"이제 기억나지?"

"형, 뭔가 엄청난 착각을 하고 계시네요."

"뭐가?"

"그 파울이란 분이랑 형이랑 영어로 대화를 나눴는데, 제가 어떻게 기억해요?"

"너 영어 어느 정도는 알아듣잖아."

"그거야 일상생활에서 쓰이는 정도의 단어죠."

"아하……."

생각지도 못했던 사실을 알았지만, 한시온은 어깨를 으쓱했다.

사실 그도 컬러스 미디어에서 왜 미팅을 요청했는지 몰랐다.

2집 앨범은 이미 발매되었고, 미국의 유통도 시작되었다.

사실 〈STAGE〉의 3주 차 판매량 중 15만 장 이상이 외국에서 발생했었다.

그러나 이 판매량은 1집 앨범은 TFD와는 결이 달랐다.

TFD의 해외 판매량은 거장들의 팬과 특정 장르의 매니아로부터 발생했다.

팝 재즈(혹은 재즈 팝)을 사랑하는 이들이 얀코스 그린우드를 통해서 TFD의 존재를 알고 구매했다.

블루스를 사랑하는 이들이 도널드 맥거스를 통해서 TFD를 구매했다.

그러나 2집 앨범 〈STAGE〉는 해외의 케이팝 팬들에 의해서 구매가 발생했다.

이건 엄청난 차이였다.

새로운 마켓으로부터 구매가 발생했으니, SBI 엔터가 일하기에 따라서 기존 마켓에도 앨범을 팔 수 있는 거니까.

'물론 현재는 SBI의 상황상 힘들지만.'

한시온은 그런 생각을 했기에 컬러스 미디어의 미팅 요청을 흔쾌히 받아들인 것이었다.

"아무튼 그러니까 녹음 잘하고 있어. 다녀와서 별로면 내가 처음부터 다시 할 거니까."

"디렉터는 누구에요?"

"있어. 너도 아는 사람."

"아, 누군데요."

"당일에 가서 봐."

한시온은 이 말만 남기고는 곧장 미국으로 떠났다.

\* \* \*

한시온이 떠나고 세달백일 멤버들은 썩 기분이 좋지 않

앉다.

 아마 세달백일의 상황을 정확히 알고 있는 이들은, 그들은 기분이 좋지 않은 이유를 활동에서 찾을 것이었다.

 믹스 웨이를 찍어 누르고 한참 주가를 올리고 있는데, 팀의 핵심 멤버가 미국으로 가 버리는 바람에 활동에 제약이 생겼으니까.

 하지만 이건 사실이 아니었다.

 세달백일의 기분이 좋지 않은 이유는 간단했다.

 "뭔가 좀 잘못된 거 같지 않아요? 왜 시온이 혼자 일을 다 하지?"

 "해외 미팅까지 가는 건 좀 그래."

 "근데 대체할 사람이 없으니까……."

 한시온의 업무량이 지나치게 과중하다는 생각이 든 것이었다.

 이런 생각이 든 것은 비단 컬러스 미디어의 스케줄 때문은 아니었다.

 STAGE 프로젝트, 대중에는 〈2+2+1 = 2〉라는 슬로건을 내세운 프로젝트가 시작하면서부터였다.

 〈STAGE〉는 유닛 앨범 3개와 정규 앨범 1개로 이루어진 대작 겸 괴작이다.

 케이팝 가수의 앨범에 대작 겸 괴작이라는 표현을 붙이는 게 어색하긴 하지만, 이건 세달백일이 만든 수식어가 아니었다.

네티즌들 사이에서 공공연하게 떠돌아다니는 말이었다.


-풀렝스급 유닛 앨범 3개에 찐 풀렝스 앨범 1개.
-심지어 유닛 앨범 3개를 합치면 정규 앨범이 나온다?
-거의 뭐 K-쇤베르크 아니냐


한데, 이게 전부 한 사람의 손을 통해서 작곡과 편곡이 되었다.

사실 음악 산업의 규모가 커지면서 이런 건 비판받는 행위였다.

장인 한 명이 붙어서 작곡하고, 편곡하고, 디렉팅하고, 레코딩하는 건 촌스러운 일이다.

심지어 당시자가 가수이기까지 하다고?

80년대 가요계에서나 벌어질 법한 일인 것이었다.

요즘은 최대한 많은 작곡가를 모으고, 송 캠프를 통해서 영감을 교환하며, 그들의 장점을 취합해 가장 아름다운 사운드를 뽑아낸다.

그러나 한시온은 본인의 실력으로 이 모든 일을 '힙'하게 만들었다.

-아 존나 잘하면 힙한 거라고
-ㅇㅈㅋㅋㅋ
-눈 씻고 찾아봐도 작곡이랑 편곡에 ZION밖에 없는 거 개간지야.

심지어 대중들은 모르겠지만, 몇몇 곡들은 믹싱과 마스터링 엔지니어의 결과물이 마음에 들지 않아서 한시온이 다시 진행한 것도 있었다.

-야 근데 한시온 말고 다른 세달백일 멤버들은 최대호한테 절해야하는 거 아니냐?
-왜?
-세달백일로 독립시켜 주셔서 감사합니다~ 라고 해야지.
-ㄹㅇㅋㅋ 개꿀빨잖아ㅋㅋㅋ
-스케줄도 잘 안 잡아, 예능도 하고 싶은 것만 해, 근데 앨범은 대박 나, 음원 차트도 휩쓸어.
-라이언 엔터 갔으면 이것보다 훨씬 고된 노동 강도에 급여도 이것보다 적었다.
-노동 강도랑 급여 뭐냐ㅋㅋㅋ
-암튼 틀린 말은 아님.

그러니 이런 댓글을 볼 때마다 마음이 썩 편하진 않았다.

아무리 한시온이 남들보다 훨씬 쉽게 작곡하고, 편곡한다고 하더라도 막중한 업무량이었으니.

최재성이 〈Side B〉의 영문 버전 녹음에 호들갑을 떤 것도, 실제로는 한시온이 레코딩 업무까지 하질 않길 바라는 마음에서였다.

"우리도 뭔가를 해야 하지 않을까요?"

"근데 시온이가 하는 건 우리가 할 수 있는 일이 아니라서……."

한시온이 제외되는 업무라고는 안무밖에 없었다.

안무가를 만나고, 곡의 컨셉을 설명하고, 안무를 주고받으며 컨펌하는 일만큼은 다른 세달백일 멤버들이 진행했다.

한시온은 모든 과정이 끝난 다음에 멤버들에게 안무를 배울 뿐이었다.

이런 상황 속에서 얼마 전에 한시온이 안무를 바꾸자고 하고, 멤버들의 거절하자 표정이 안 좋아진 사건이 있었다.

그때 멤버들은 속으로 꽤 당황했었다.

사실 지금까지 시온이가 그들이 픽스한 안무를 좋아하지 않았던 걸까?

그걸 이번에 티내는 걸까?

이런 이야기를 자기들끼리 쑥덕이기도 했었다.

그러나 한시온은 생일 이후로 표정이 좋아졌고, 멤버들에게 드물게 고맙다는 말을 하기도 했다.

결국 세달백일 멤버들은 한시온의 표정이 나빴던 게 피곤함과 스트레스 때문이라고 결론을 내릴 수밖에 없었다.

그도 그럴 게, 최근에 라이언 엔터와 믹스 웨이가 상당히 귀찮게 굴었으니까.

"앨범이 더 팔릴 수 있는 어떤 일을 좀 고민해 보자."

결국 맏형인 이이온의 주도하에 세달백일 멤버들은 그렇게 이야기를 끝냈다.

물론 말로만 하는 건 아니고, 실제로 고민을 시작하기로 한 것이었다.

그리고 최재성은 〈Stage Side B〉를 녹음하기 위해 스튜디오로 향했다.

'이현석 대표님이겠지?'

시온 형이 레코딩을 맡길 만한 귀를 가졌으며, 이미 알고 있는 사람은 이현석밖에 없으니까.

하지만 막상 현장에 도착해서 만난 사람은 상상도 못했던 사람이었다.

"Hello?"

"엥? 심사위원님?"

커밍업 넥스트의 특별 심사위원이기도 했던 크리스 에드워드였다.

"여긴 어쩐 일이세요?"

"WHAT?"

최재성은 구글 번역기를 통해서 녹음에 들어가기 전, 크리스 에드워드와 대화를 나눴다.

전혀 모르고 있었는데, 어젯밤 크리스 에드워드는 곡을 발표했다.

곡명은 〈Players〉.

한국어로 〈꾼들〉이라는 타이틀을 가지고 있었던, 한시온의 곡을 편곡했던 그것.

세션은 GOTM.

한시온이 Band of the year이란 뜻을 가진 BOTY를 추천했지만, 최종적으로는 GOTM이란 이름이 선택되었다.

보컬은 세달백일.

셀프 메이드를 촬영하는 도중 방문한 HR 코퍼레이션의 CEO 앤드류 브라이언트의 제안에 의해서 녹음을 진행했었으니까.

최재성은 황당한 얼굴이 되었다.

아무리 곡의 발표와 프로모션에 대한 취사선택이 HR

코퍼레이션에 있다고 하더라도, 너무 갑작스럽게 진행됐으니까.

그러나 크리스 에드워드는 어쩔 수 없다고 했다.

"일종의 카운터 펀치 같은 거야. 우리도 일정을 정해놓은 건 아니었다고."

"무슨 카운터 펀치요?"

"그동안 HR 코퍼레이션이 TFD를 팔기 위해서 벌인 일들의 마침표라고 하면 되려나?"

"네?"

"이해 못했으면 녹음이나 해. 시간 없어."

크리스 에드워드는 그렇게 말하고는 최재성을 레코딩 부스 안으로 밀어 넣었다.

사실 크리스 에드워드는 한국에 일하러 온 것도 아니고, 휴가차 놀러온 것도 아니었다.

도망온 것이었다.

시끄러운 빌보드의 소란을 피해서.

그러나 그 소란은 HR 코퍼레이션이 기획한 것이고, 그 목적은 〈The First Day〉의 다이아몬드였다.

\* \* \*

5주 전.

세달백일의 1집 앨범 〈The First Day〉의 서구권 배급망의 전권과 일부 아시아(한국, 중국, 일본 제외) 배급망의 전권을 거머쥔 HR 코퍼레이션이 움직이기 시작했다.

한시온은 세달백일의 1집 앨범을 아주 단순한 방법으로 팔았다.

좋은 창작자를 모았고, 좋은 앨범을 만들었으며, 그것을 대중들 앞에 내놓았다.

물론 그것만으로도 충분한 성과가 있었다.

케이팝 아이돌 역사상 가장 많이 팔린 앨범이 됐으니까.

하지만 HR 코퍼레이션의 신임 CEO 앤드류 브라이언트와 치프 매니저인 알렉스 페레이아는 그 결과가 몹시 아쉽다고 생각했다.

어벤져스를 모아서 동네 갱단을 소탕한 것과 다름없다는 평가까지 내리며.

그래서 그들은 TFD를 조금 더 복잡하게 팔아 보기로 결정했다.

그 시작은 HBO의 다큐멘터리인 〈Before, After and Future〉였다.

사람들에게 BAF라고 불리는 이 다큐멘터리는 과거 빌보드의 영광을 독식했던 전설들을 인터뷰하며 현대 음악사의 발자취와 미래를 좇는 구성이었다.

다큐멘터리 시장이 크고 탄탄한 영미권에서 흔히 사용되는 포맷이며, 스테디 콘텐츠가 되기 쉬운 구조.

이 정도 볼륨의 다큐멘터리가 세상에 그냥 나올 리는 없다.

당연히 HBO와 제작에 관여한 투자사들의 손을 통해 프로모션이 진행되기 시작했다.

대중들도 이걸 당연하게 생각했다.

하지만 프로모션의 방향이 보통의 것과 다르게 변질되기 시작했다.

그 시작은 BAF의 출연진이자, 영원한 블루스의 악동인 도널드 맥거스의 토크 쇼였다.

도널드 맥거스는 앨런 하이 토크 쇼에서 '현 시대의 블루스 뮤지션'들을 폄하했는데, 여기에 잉위 게이치가 반응했다.

[노망난 늙은이가 한 말에 너무 큰 의미를 둘 필요는 없다. 그의 블루스는 3집에서 머물렀고, 4집부터 도태됐으니까.]

본래라면 이 비프(Beef : 싸움)는 음악 간의 대결이 되었어야 했다.

도널드 맥거스의 앨범과 잉위 게이치의 앨범이 비교되

면서.

그렇다면 당연히 승자는 도널드 맥거스다.

도널드 맥거스는 '악동'이라는 타이틀을 여전히 가지고 있지만, 그는 노인이다.

그가 블루스의 역사에 새겨온 나이테는 결코 가볍지 않았으니까.

하지만 잉위 게이치는 현명했다.

그는 도널드 맥거스의 음악보다 안목에 포커스를 맞췄고, 그쪽으로 화제를 몰아갔다.

[그가 노망이 났거나, 돈이 필요해서 입을 놀리는 중이라는 증거가 하나 더 있지.]

바로, 가장 최근에 도널드 맥거스가 극찬한 케이팝 아이돌을 물고 늘어진 것이었다.

억지로 물고 늘어진 것도 아니다.

도널드 맥거스의 가장 최근 활동이 케이팝 아이돌의 작곡에 참여한 것이며, 해당 앨범과 아티스트를 극찬했으니까.

1년 전 일도 아니고, 2년 전 일도 아니다.

불과 몇 달 전의 이야기다.

그러니 두 사람의 비프를 지켜보던 평론가들은 잉위 게

이치가 아주 현명한 공격을 했다고 평가했다.

-여전히 음악의 퀄리티는 도널드 맥거스가 압도적이라고 보지만, 이 디스전은 잉위 게이치가 이길지도 모르겠어.
-그는 아주 영리하게 도널드 맥거스를 몰아갔고, 이 싸움은 도널드 맥거스의 손을 떠났어.

이러한 반응은 비단 평론가들뿐만이 아니었다.
대중들도 마찬가지였다.

-나만 맥거스가 케이팝 아이돌에 대해 떠들 때 언팔로우를 한 게 아니었군.
-돈이 필요했으면 더 점잖은 방법으로 벌 수 있었던 거 아니야?
-차이나 머니가 크긴 하지.
-개인의 선택일 뿐이야. 셀럽들이 음식물 쓰레기 냄새가 나는 향수를 광고하더라도 그들의 선택이니까.

사실 도널드 맥거스가 자이온과 세달백일의 홍보를 도와줄 당시, 모든 블루스의 팬들이 TFD에 호감을 가진 건 아니었다.

오히려 반대였다.

도널드 맥거스가 돈에 신념을 팔았다고 고개를 저으며, TFD를 들어 볼 생각조차 하지 않은 이들이 더 많았다.

그러나 도널드 맥거스는 당당했다.

-HBO가 답을 줄 것이다.

곧 공개될 다큐멘터리에 답이 있음을 시사한 것이었다.

이쯤 되니 일각에서는 이 모든 것이 HBO의 다큐멘터리 BAF의 홍보를 위해 벌인 연극이라는 말도 나왔다.

하지만 이 말은 지지받지 못했다.

고작 다큐멘터리 하나를 위해서 오점을 감수하기에는 도널드 맥거스의 커리어가 너무 거대했기 때문이었다.

그렇게 다큐멘터리가 공개되고, 상황은 반전되었다.

BAF는 총 4부로 구성된 다큐멘터리인데, 매주 1부를 공개한다.

그중 1부가 '블루스 & 재즈' 특집이었는데, 여기서 굉장한 곡이 두 개나 등장한다.

첫 번째는 도널드 맥거스가 술에 잔뜩 취해서 루프탑에서 기타를 치는 장면.

루프탑의 거치 카메라에 잡힌 이 새벽의 연주는 공들여

서 찍은 게 아니다.

술에 잔뜩 취한 도널드 맥거스가 카메라의 위치를 고려하지 않았기 때문에 제대로 보이지도 않는다.

휘영청 둥근 보름달과 나부끼는 거대한 나무를 배경으로 보일 듯 말 듯 연주를 하는데…….

곡이 너무 좋다.

곡이 너무 좋다 보니 무심하고 아마추어틱하게 깔린 배경조차 의미심장해 보일 지경이었다.

한데, 그 곡이 도널드 맥거스가 작곡한 게 아니다.

[재미있는 거짓말을 하는 친구였네.]

자막으로 '그 뒤로 도널드 맥거스는 자이온이 프로듀싱한 K팝 그룹의 앨범에 참여했다.'라는 내용이 나왔으니까.

이뿐만이 아니었다.

블루스와 재즈의 파트를 책임진 또 한 명의 거장.

얀코스 볼레로 그린우드.

그 역시 사람들의 귀가 번쩍 뜨이는 곡을 연주하는데, 이 역시 같은 사람이 작곡한 곡이라는 게 암시된다.

하지만 다큐멘터리는 조심스럽다.

'곡이 너무 좋아서 영상에 담긴 했지만, 포커스가 흐려지는 걸 원하지 않는다'라는 의도가 절실히 느껴진다.

어디까지나 영상물의 주인공은 BAF니까.

자이온이나 세달백일의 이름이 거의 거론되지 않는다.

그러나 누가 뭐라고 해도, 다큐멘터리 1부의 주인공은 도널드 맥거스와 얀코스 그린우드가 친 자이온의 노래였다.

사람들은 호기심을 가질 수밖에 없다.

-그래서 자이온이 누군데?

\* \* \*

상황이 다르게 돌아가기 시작했다.

다큐멘터리가 공개된 이후에, 얀코스 그린우드가 도널드 맥거스와 잉위 게이치의 비프전에 끼어든 것이었다.

[어렸을 적 우리는 맥주 한 잔에 연주를 팔았고, 아름다운 여인의 눈길을 받기 위해 좋아하지도 않았던 팝송을 불렀던 때도 있었지.]

[하지만 그 모든 시간 덕분에 지금의 우리가 있어.]

[그 모든 시간에 끝에 도착한 지금을 약간의 돈 때문에 팔 거라는 생각은 무례한 거라고.]

[재능 있는 젊은 친구.]

 사람들은 얀코스 그린우드가 비겁하다고 말했다.
 한참 비프가 뜨거울 때는 가만히 있다가, 여론이 바뀌기 시작하자 참전했다고.
 하지만 반대로 말하면 이건 얀코스 그린우드가 '이길 각'을 쟀다는 것과도 같았다.

 -오케이. 내가 졌어. 이 모든 게 자이온의 프로모션이더라도 한번 들어 보겠어.
 -자이온이 랩틸리언이라고 됐던 거야? 빌보드 전체를 쥐락펴락하게?
 -랩틸리언은 없어. 멍청한 너드 자식. 그는 일루미나티라고.

 사람들은 이런 말을 하며 도널드 맥거스와 얀코스 그린우드가 참여한 TFD의 트랙을 듣곤 했다.
 정말 자이온의 프로모션이라고는 전혀 생각하지 못한 채.
 이쯤 되니 눈치가 좀 있는 빌보드의 프로모터들은 현 상황의 최종 종착지가 어디인지를 깨달았다.
 "아무래도 HR이 아시아권 컬쳐에 눈을 돌린 모양이야."

"근데 왜 한국이지. 중국이나 일본이 훨씬 나을 텐데."

"일본은 프로모션으로 정복하기 힘든 시장이야. 그에 반해 한국은 유행의 영향을 많이 받는데, 중국과 일본에 막대한 영향력을 행사하지."

"중국과 일본이 인구로나 경제로나 더 크잖아?"

"그게 아시아의 재미있는 점이지."

그들은 HR이 세달백일의 TFD를 팔아 치울 계획을 세운 거라고 확신했다.

하지만 좀 이상했다.

HBO 입장에서는 윈윈이긴 하다.

비프전 덕분에 다큐멘터리도 흥했고, 관심도도 높아졌으니까.

다큐멘터리의 퀄리티가 훌륭하다고 늘 큰 관심을 받는 건 아니다.

하지만 HR 코퍼레이션 입장에서는 현재 손해일 것이다.

TFD가 플래티넘, 혹은 더블 플래티넘 정도는 찍어야지 남는 장사가 되지 않을까 추정된다.

"음악이 좋긴 해. 자이온이라는 친구는 확실히 빛나는 재능이 있어."

"혹시 HR과 매니지먼트 계약을 맺나?"

"그건 아닌 것 같던데? 아마 배급 계약 정도일 거야.

그 친구들은 독립 레이블이 있어."

이런 상황 속에서 잉위 게이치가 곡을 발표했다.

가수가 정당함을 증명하는 방법으로 신곡만 한 게 없으니까.

잉위 게이치의 음악은 훌륭했다.

블루스 뮤지션으로 가진 체급을 한 단계 올려 줄 정도로 박수가 나오는 곡이었다.

발매 2주차 만에 빌보드의 블루스 차트에서 3위를 차지할 정도로.

하지만 잉위 게이치의 곡이 유명해질수록, 다큐멘터리에서 연주된 자이온의 곡과 비교가 되었다.

-둘을 비교하는 건 좀 그렇지 않아? 자이온의 곡은 연주자가 도널드 맥거스인데.
-하지만 잉위 게이치는 자이온을 알아본 도널드 맥거스의 안목을 비난했어. 이건 정당한 비교야.

그쯤해서 다큐멘터리 2부가 발매되었고, 사람들은 당황했다.

2부의 주제는 Instrumental.

주인공은 에릭 스캇과 메리 존스.

에릭 스캇은 기타의 정점이었고, 메리 존스는 테크노의

정점이었다.

두 사람 다 보컬 라인보다 사운드에 중점을 둔 이들이니, 잘 묶인 것이다.

한데 이번에도 자이온이 등장했다.

마찬가지로 자이온의 이름은 딱 한 번만 언급이 되었다.

심지어 에릭 스캇이 자이온이 만들어 준 기타를 치면서는 자막조차 나오지 않았다.

그저 '크리스 에드워드의 친구'가 에릭 스캇에게 헌정한 곡이라는 말이 나왔지.

하지만 이쯤 되면 언급되지 않는 게 더 이상하다.

이때쯤 미국에서 '자이온'이 꽤 큰 파란을 일으키고 있다는 이야기가 한국에 전해졌다.

하지만 메이저하게 번져 나가진 않았다.

이걸 가장 처음 다룬 게 유투브 렉카였기 때문이었다.

한국인이 외국에서 조금의 성과를 올리면 '인정받고 유명해졌다'라고 설레발을 치는 렉카들은 수두룩하다.

하지만 그러면 그럴수록 정보의 신뢰성이 떨어진다.

얼마나 과장했는지를 알 수 없기 때문이었다.

게다가 그 시점쯤에는 한국에서 세달백일의 유닛 앨범이 순차적으로 발매되고 있었고, 2집 앨범에 대한 말들이 오가던 시기였다.

이미 생명력이 다한(한국인들 기준에서) TFD의 미국 소식이 화제가 되긴 늦었다는 것이었다.

그러나 미국 내의 관심은 점점 뜨거워졌고, 한국어 버전의 TFD가 꽤 많이 팔려 나갔다.

블루스 포럼에서는 자이온이 컬러 쇼의 Sedar라는 걸 알렸고, 시사이드 하이츠의 연주 영상이 발굴되었다.

이제 프로모션은 HR의 손을 떠났다.

아시아인에 대한 무의식적인 반감을 가진 이들은 이 모든 것이 프로모션일 뿐이라고 비난했다.

실제로 이쯤 HR 코퍼레이션이 TFD의 배급권을 따냈다는 오피셜을 날리기도 했다.

자이온의 음악이 마음에 들었던 이들은 순서가 반대라고 생각했다.

TFD가 돈이 될 것 같으니 HR 코퍼레이션이 가장 먼저 움직인 것이라고.

이런 상황에서 가장 뜨거운 감자를 움켜쥔 이는 크리스 에드워드였다.

크리스 에드워드는 현시점에서도 잘나가는 빌보드 프로듀서이며, 토크 쇼 출연을 통해서 제법 큰 인지도도 가지고 있다.

한데 자이온을 가장 먼저 알아보고, 거장들에게 연결해 준 게 크리스 에드워드가 아니던가?

이 복잡한 상황에 노코멘트의 스탠스를 유지하던 크리스 에드워드가 마침내 입을 열었다.

"내일, 모든 사람이 내 선택을 납득을 했으면 좋겠군요. 난 그저 뛰어난 뮤지션의 뛰어난 음악을 찾아간 것뿐인데."

그렇게 〈Players〉가 발매된 것이었다.

\* \* \*

내게 음악은 여전히 재미있는 것이다.

물론 괴로운 순간이 더 많긴 하다.

닳고 닳아 버린 회귀자의 감성은 때론 별거 아닌 일에도 절망을 느낀다.

이미 지난 일이긴 하지만, 생각해 보면 우습다.

안무를 바꾸자는 내 제안을 거절했단 이유로 세달백일 멤버들에게 실망감을 느낀 게.

이건 친구들의 입장에서는 정말 부조리한 일이다.

그들은 최대호와 라이언 엔터가 압력을 가할 걸 알면서 날 선택한 이들이다.

물론 난 최대호 따위가 가하는 압력을 크게 신경 쓰지 않았다.

그러나 세달백일 멤버들은 내 정확한 정체를 모르지 않

은가?

 그들은 우정이라는 추상적인 감정에 인생을 베팅한 이들이고, 난 그들을 존중해야 할 의무가 있다.

 그럼에도 불구하고 친구들의 향상심이 사라진 게 아닐까 의심하는 게 또 나다.

 그러니까 내가 하고 싶은 말은, 이렇게 닳고 닳은 회귀자임에도 불구하고 여전히 음악이 재미있다는 것이다.

 음을 엮어서 코드를 만들고, 코드를 엮어서 멜로디를 만든다.

 멜로디를 뻗어서 곡을 전개하고, 악기를 이용해 윤을 낸다.

 마지막으로 목소리를 얹는다.

 이 모든 과정을 통해 탄생한 음악들은 나조차 정확한 결과를 알 수 없는 랜덤박스가 된다.

 물론 드롭 아웃에게 준 셀피시나, 컬러 쇼에서 불렀던 컬러풀 스트러글처럼 어느 정도 검증된 곡들이 있긴 하다.

 하지만 그런 검증된 곡들을 이용하는 건 회귀 초반에나 가능하고, 시간이 지날수록 오리지널 트랙들이 필요해진다.

 '세달백일'이라는 팀명에 생명력이 깃들었기 때문이었다.

GOTM으로 활동할 당시 가장 큰 히트를 기록했던 곡은 〈Sweet Child, Mild Child〉다.

제목에서 눈치를 챌 수도 있겠지만, 건즈 앤 로지스의 가장 유명한 노래인 〈Sweet Child O` Mine〉의 오마주를 담고 있는 곡이다.

그럼 지금 세달백일로 이 노래를 부르면 공전의 히트를 칠까?

빌보드 1위를 5~6주 이상 기록하며 그래미 어워드에서 상을 받을 수 있을까?

아마 아닐 거다.

〈Sweet Child, Mild Child〉란 노래가 히트를 친 것에는 GOTM의 서사가 깊이 녹아 있기 때문이었다.

유색인종을 포함해 다인종으로 구성된 밴드가 가진 히스토리.

그게 완벽히 녹아내리는 곡이기 때문이다.

그에 반해 세달백일이 갑자기 밴드 플레이를 선보인다면 대중들은 낯설어할 거다.

멤버들이 제대로 연주하기도 힘들 거고.

그래서 세달백일의 3집 앨범이 나온다면, 거기에는 전부 오리지널 트랙만 들어 있을 확률이 높다.

그리고 그 결과값이 어떨지는 나도 모른다.

고작 100만 장을 팔아서 회귀 우울증을 불러올 수도 있고, 갑자기 1,000만 장을 팔아서 회귀 조증을 불러올 수도 있겠지.

"……."

회귀 조증이라고 하니까 좀 이상하네.

아무튼.

회귀자인 나에게 세상의 이슈들과 역사의 흐름은 익히 알고 있는 방정식이다.

투입값에 따라서 결과값이 달라지긴 하지만, 함수 규칙을 알 수 있으면 결과값을 얼추 산정할 수 있는 느낌이다.

그러나 음악은 여전히 모르겠다.

내가 모든 것을 쏟아 부은 음악이 망하는 꼴을 본 적도 생각보다 많아서.

그러니 이 불확정성이 내가 여전히 음악을 할 수 있는 원동력이자, 재미를 느끼는 이유이고, 악마가 제시한 2억 장에 도달하지 못한 이유이기도 하다.

그리고 지금.

또다시 불확정성이 터져 나왔다.

〈Players〉.

회귀를 할 때마다 지난 생을 반추하며 작곡을 하는 나의 버릇에 의해 탄생한 곡.

아니, 버릇이라기보다는 추모 의식에 가깝다.

난 더는 GOTM으로 활동하지 않을 거고, 수십 년을 함께한 친구과 더는 친구가 되지 않을 거니까.

어쩌다보니 크리스 에드워드가 그 곡을 듣게 됐고, 이왕 곡을 들은 김에 GOTM 멤버들에게 기회를 주고 싶었다.

BOTY라는 이름을 추천했지만, 그들은 다시 GOTM이 되었고, 앤드류 브라이언트는 생각지도 못하게 세달백일에게 노래를 불러달라고 했다.

그걸 수긍한 건 큰 이유가 없었다.

그냥 해 달라고 해서, 한 것이다.

셀프 메이드란 프로그램을 촬영 중인데, 거기서 싫다고 말하는 것도 웃기다.

우리가 손해를 볼 일도 없는 구조였으니까.

하지만 난 속으로 세달백일이 노래를 부르면 〈Players〉가 큰 성공을 거두지 못할 거라는 생각을 하고 있었다.

세달백일의 실력이 별로라서가 아니다.

이제 세달백일은 꽤 괜찮다.

캘리포니아 쪽 래퍼들이 많이 하는 축구 게임을 보면 어빌리티와 포텐으로 선수의 퍼포먼스 수치가 나눠져 있다.

포텐은 선수가 가진 재능의 총량이고, 어빌리티는 현재

발휘할 수 있는 실력 수치다.

포텐이 100이라고 하더라도, 불성실한 선수는 어빌리티를 많이 올리지 못한다.

기껏해야 60~70 정도?

그에 반해 포텐이 80밖에 안 되지만 성실한 성격과 큰 향상심을 가진 선수는 포텐을 꽉 채우는 어빌리티를 갖게 된다.

그럼 재능과 무관하게 전자는 60점짜리 선수고 후자는 80점짜리 선수가 된다.

세달백일이 후자다.

구태환을 제외하면 포텐이 뛰어난 이들은 없다.

한국에서는 넘치는 재능이지만, 세계를 무대로 활동하기엔 부족한 포텐이란 뜻이다.

그러나 이들은 성실하게 어빌리티를 높였다.

그리고 이이온 같은 경우는 내가 처음 생각했던 것보다 포텐이 더 높은 가수이기도 했다.

그러니 이제 세달백일의 실력은 괜찮다.

그럼에도 불구하고 〈Players〉가 빌보드에서 성공하지 못할 거라고 예측한 건, 우리가 케이팝 가수이기 때문이다.

코로나 사태 이후로 미국에서도 케이팝이 마이너 컬쳐를 벗어나지만, 그럼에도 불구하고 편견은 많다.

케이팝이 메인 컬쳐에 오른 것은 편견이 사라져서가 아니다.

좋아하지도 않고, 싫어하지도 않는 중도주의자들이 진형을 바꿔서다.

개중 몇몇은 케이팝을 아주 좋아하게 됐고, 개중 몇몇은 아주 싫어하게 됐다는 것이다.

그렇다면 지금은 어떻겠는가?

아시아인이, 그것도 외국에서 활동하는 아시아인이 노래를 발표해서 유리할 게 없다.

특히 우리는 북미 지역에 팬덤을 확보한 상황도 아니니까.

하지만…….


====================
Billboard Hot 100
.

.

66. Players
====================

〈Players〉는 무려 66위로 Hot 100에 차트 인했다.

심지어 일주일치 지표를 꽉 채워서 랭크 인 된 것도 아니다.

고작 이틀이다.

상황이 이렇다 보니 나조차 조금 당황할 수밖에 없었고, 조사를 통해 상황을 인지했다.

HR 코퍼레이션이 〈The First Day〉의 프로모션을 위해 벌인 일들의 낙수 효과라는 걸.

아마 한국에서는 난리가 났을 것 같다.

컬러풀 스트러글이 마이너 차트인 R&B 차트의 말석에 위치했을 때의 반응을 생각해 보면.

"솔직히 배가 너무 아프군요. 이럴 줄 알았으면, 그때 당신의 농담을 진담으로 받아들였어야 하는데."

"원래 진실이 벼락이라면 후회는 천둥처럼 뒤따른다지 않습니까?"

"아, 들어 본 적이 있어요. 프랑스 속담이던가요?"

"모로코일 겁니다. 아마."

눈앞의 남자, 컬러스 미디어의 치프 매니저인 파울이 고개를 절레절레 저었다.

하긴, 파울의 입장에서는 아쉬울 것이다.

세달백일이란 한국의 케이팝 그룹과 가장 먼저 접촉했던 메이저 컴퍼니가 그들이니까.

심지어 컬러 쇼란 콘텐츠에 출연까지 시켜 주었고.

난 그 뒤로 파울과 이런저런 이야기를 나누었다.

파울이 가장 많은 질문을 던진 주제는 세달백일의 작업 방식에 대해서였다.

"솔직히 이해하기 힘들죠. 한 사람의 머리에서 그렇게 많은 곡이 탄생했다는 게. 심지어 아주 짧은 기간에."

내가 회귀자라는 걸 모르는 입장에선 당연한 반응이지만, 내가 할 말도 당연히 하나다.

"God, did."

엄밀히 따지면 신이 아니라 악마지만.

그렇게 우리는 꽤 긴 이야기를 나눴고, 마침내 본론에 도달했다.

"자이온."

"말씀하시죠."

"여기까지 단숨에 찾아왔다는 건, 원하는 바가 있다는 거겠죠?"

맞는 말이다.

파울은 나에게 만남을 가지고 싶다는 이야기를 했을 뿐이지만, 난 곧장 미국으로 날아왔으니까.

그의 말처럼 난 원하는 게 있다.

"그렇긴 하지만, 전 컬러스 미디어가 원하는 바를 더 먼저 듣고 싶군요."

"가장 원하는 건 역시 아시아 시장 개척이죠."

"주체는 뭡니까?"

"3집 앨범부터가 되겠죠? 2집 앨범에는 숟가락을 얹기에 너무 늦었으니까."

"구체적인 플랜을 들어 볼 수 있습니까?"

"소니 뮤직을 롤 모델로 삼았다는 이야기면 충분합니까?"

"충분하군요."

소니는 컬처 밖에서 돈을 벌기보다는 컬처 안으로 뛰어들어 개척을 하는 회사다.

회사의 운영 방침에 대해서는 호불호가 좀 갈리긴 하지만, 뮤직 인더스트리의 공룡 기업이라는 건 부정할 수가 없다.

대충 견적이 나온다.

컬러스 미디어는 세달백일이 HR 코퍼레이션과 1집과 2집의 유통 계약만 맺었다는 걸 알고 있다.

그중 1집은 열렬한 프로모션 중이고, 2집은 배급 정도로 만족하고 있다.

둘 다 커버하는 건 사실상 불가능하니까, 나도 불만이 없다.

개인적으로는 HR 코퍼레이션이 마음에 든다.

앤드류 브라이언트는 본인이 내 덕분에 CEO가 됐다고 착각하고 있으며, 크리스 에드워드는 다시 친구가 되었고, 알렉스 페레이라는 우리를 고평가 한다.

하지만 감정은 별로 중요한 게 아니다.

"그럼 이렇게 하는 건 어떻겠습니까?"

"말씀하시죠."

"현재 HR 코퍼레이션은 TFD를 다이아몬드로 만들기 위해서 노력 중입니다."

"다이아몬드라……."

"그만큼 2집 앨범인 〈STAGE〉는 소외될 수밖에 없죠. 이해는 합니다. 마케팅 전략에는 선택과 집중이 필요하니까."

"그렇죠."

"그 2집의 프로모션 권한을 컬러스 미디어가 가져오신다면 거기에 붙여서 3집 앨범의 프로모션 권한을 드리겠습니다."

파울의 머리가 팽팽 돌아가는 게 보일 지경이다.

나쁜 딜은 아닐 거다.

HR 코퍼레이션이 바보도 아니고, 이미 가지고 있는 2집의 배급권을 그렇게 쉽게 내어 줄 리가 없다.

어쨌든 1집을 홍보하면, 2집까지 낙수 효과가 이어질 거니까.

하지만 그렇다고 해서 무조건 내어 주지 않을 이유도 없다.

어떤 부분에서는 HR 코퍼레이션에게 우리의 2집 앨범

은 계륵처럼 느껴질 수도 있다.

이게 왜 그러냐면, 그들의 생각보다 너무 빠르게 2집이 나왔기 때문이었다.

애초에 HR의 계획은 1집을 충분히 판 다음에 2집을 판매 전략을 점검하는 것일 터였다.

하지만 세달백일은 1집 앨범을 발매한 지 반년 만에 2집 앨범을 냈고, 꽤 큰 호응을 얻고 있다.

버릴 수는 없게 아쉽지만, 쥐고 있자니 상품을 썩히고 있는 기분이 들 것이다.

그걸 컬러스 미디어에서 제값을 주고 산다면 오히려 반길 수도 있다.

그렇다면 컬러스 미디어는 무조건 손해냐?

그것도 아니다.

내가 2집을 가져오면 3집을 붙여 준다고 제안을 했으니까.

즉, 컬러스 미디어는 2집 + 3집의 계약할 돈으로 2집을 가져오면 된다는 뜻이었다.

"참고로 유닛 앨범 계약은 HR 코퍼레이션과 안 되어 있습니다."

"그럼 그거까지……?"

"조건을 봐서요."

파울은 아마 우리의 조건을 수락할 것이다.

난 미래를 알고 있으니, 현재도 어림짐작할 수 있다.

컬러스 미디어는 최근 몇 년간 벌인 사업의 다각화에 전부 실패했다.

컬러 쇼는 꾸준한 우상향을 그리는 콘텐츠이지만, 수익성이 그렇게 크진 않다.

한데, 컬러쇼 말고는 전부 우하향하고 있다.

이들이 아시아 시장에 눈을 돌리는 건 이번 생에만 벌어지는 일이 아니다.

다만, 본래는 일본으로 돌렸다는 것이 좀 다르지만.

내 제안이 받아들여진다면 꽤 재미있는 일이 벌어질 것 같다.

우리의 1집 앨범과 2집 앨범이 같은 마켓 안에서 싸우는 것이다.

내 개인적인 판단으로는······.

빌보드의 거장들이 엮여 있다는 히스토리를 제외하면, 2집 앨범이 더 좋은 앨범이다.

\* \* \*

크리스 에드워드는 최재성에게 〈Players〉를 발매하고 한국으로 온 것이 도피라고 설명했었다.

세상이 시끄러워질 테니까, 조용한 곳으로 온 거라며.

이건 크리스 에드워드 입장에서는 틀린 말은 아니었다.

그는 진심으로 당분간 조용한 곳에 머물고 싶다고 소망하고 있었으니까.

하지만 HR 코퍼레이션이 활동 중인 에디의 한국행을 허락해 준 이유는 정반대였다.

지금은 미국에 에디가 없어야 했다.

시끄럽게 떠들던 빌보드의 거장들도 입을 다물어야 했다.

그래야만 그 호기심과, 거기서 파생된 버즈량이 온전히 〈The First Day〉에 쏠린다.

누군가 떠들어서 불씨를 당길 시간은 지났다는 뜻이었다.

이제는 타오르기 시작한 불이 꺼지지 않게 기름을 부어 주는 것과, 불의 방향이 엉뚱한 곳으로 튀지 않게 컨트롤하는 영역이었다.

HR 코퍼레이션은 그걸 빌보드에서 가장 잘하는 집단 중 하나였고.

TFD를 팔기 위한 HR 코퍼레이션의 행보는 누군가의 눈에 아이러니해 보일 수도 있었다.

분명 HR 코퍼레이션은 TFD를 팔기 위해 총력을 기울이고 있는데, 막상 세달백일은 한국에 있으니까.

그러나 이것 역시 HR 코퍼레이션이 일을 잘한다는 증거였다.

현재 세달백일(정확히는 자이온)에게 모이는 버즈량은 자연스럽다.

블루스 뮤지션들 간의 비프로 시작해, 다큐멘터리를 거쳐, 〈Players〉가 발매되었고, 사람들이 그 모든 곡의 제작에 참여한 자이온을 궁금해한다.

그리고 자이온은 세달백일이라는 팀에 속해 있고.

대중들은 자신의 자유 의지로 누군가 좋아하기 시작하면 열렬한 추종자가 되곤 한다.

하지만 자유 의지인 줄 알았던 본인의 선택이 사실 마케팅에 조종당한 것이라면?

갑자기 팍 식어 버린다.

뒷광고가 비난을 받는 이유처럼 말이다.

그래서 HR은 아직 세달백일과 앨범 프로모션이나 앨범 투어를 돌 때가 아니라고 판단하고 있었다.

그런 행동은, 모든 것이 노이즈 마케팅으로 여겨질 수 있는 악수가 된다.

"그래서 내가 한국에 있는 거고, 우리가 이렇게 레코딩을 할 수 있는 거고. OK?"

크리스 에드워드의 말에 최재성이 고개를 끄덕였다.

요즘 TFD와 관련된 미국 상황이 어떻냐는 질문에 날

아온 긴 답변이었고, 구글 번역기를 이용해서 간신히 이해를 했다.

드디어 대충 돌아가는 그림이 이해되기 시작했다.

사실 한시온은 훌륭한 리더지만 친절한 사람은 아니었다.

또한 효율적인 리더지만, 배려 깊은 사람도 아니었다.

그래서 세달백일 멤버들은 종종 일이 어떻게 돌아가고 있는지를 모를 때가 많았다.

영문 버전의 TFD를 팔겠다고 가져간 HR 코퍼레이션이 어떤 식으로 움직이고 있는지도 정확히 알지 못했고.

한시온이 알려 주기 싫어서 안 알려 주는 게 아니라, '이 정도 정보면 멤버들도 전부 알겠지'라는 지극히 본인 기준 때문이었다.

한 분야에 지나치게 오래 몰입해 온 고인물의 기준은 일반 사람들과 판이하게 다르니까.

"자, 그런 의미에서 부스로 들어가자고. DROP부터?"

"네."

그렇게 최재성이 〈Stage Side B〉의 영문 버전 녹음을 위해 부스로 들어갔다.

"말해 봐. 아무 노래나 불러도 좋고."

-Hi, I'm fine thank you. and, you?

"대체 그 말은 왜 이렇게 좋아하는 거야?"

―클래식 같은 거예요. 영어 문장의 클래식.

에디는 그 뒤로 최재성과 녹음 전 나눠야 할 소통을 나누고 뒤로 물러났다.

이틀 만에 모든 레코딩을 끝내야 해서 꽤 바쁘다.

사실 크리스 에드워드가 한국에 온 이유에는 최재성, 아니 정확히 말하면 세달백일이 포함되어 있었다.

한시온을 제외한 세달백일 멤버들은 크리스 에드워드가 보기에 신비한 존재들이었다.

어떤 의미에서 크리스 에드워드는 세달백일을 가장 먼저 발견한 프로듀서였다.

한시온이 〈Norway Flower〉를 알아차렸고, 거기에 놀란 자신이 한국으로 향했으니까.

그리고 TV 커머셜 쇼인 커밍업 넥스트에 방문해 세달백일의 무대를 지켜봤었다.

정말 솔직히 말하자면, 당시의 크리스 에드워드는 한시온이 아깝다고 생각했다.

이상한 TV 쇼에 발목을 잡히고, 그 TV 쇼에서 배정해준 팀원들에게 발목을 잡히고 있다.

한시온의 재능은 고작 이런 곳에서 낭비될 게 아니었다.

그의 재능은 전 세계인들을 상대로 펼쳐져야 하는 것이었으며, 월드와이드권의 프로듀서들 중에서도 최상위권의 재능을 가지고 있는 것 같았다.

아니, 그런 재능이 있었다.

그러나 한시온은 케이팝에서 성공하고 싶다는 이유로 한국에 남았다.

'말만 그렇게 하고, 사실 케이팝에 구애받진 않았단 말이지.'

그래서 크리스 에드워드는 늘 의아했었다.

빌보드 1위를 수차례 기록한 자신조차 부러워하는 재능을 가진 이가 대체 이 좁은 나라에서 뭘 하는 걸까?

그리고 저 재능 없는 팀원들과 왜 손을 잡은 걸까.

커밍업 넥스트는 물론 재미있는 쇼였다.

편집되지 않은 내용을 알고 있기에 더더욱 재밌었다.

그러나 커밍업 넥스트가 종영하는 그 순간까지 크리스 에드워드는 한시온이 팀원들 때문에 발목을 잡혔다고 생각했다.

커밍업 넥스트가 끝나고 세달백일이 인디 밴드가 됐을 때도 마찬가지였다.

미국으로 돌아온 그는 종종 세달백일의 유튜브 채널을 구경했지만, 한시온이 제대로 보여 줄 수 있는 것에 대한 갈증은 여전했다.

그래서 〈Players〉를 받아 왔다.

이 곡으로 히트를 쳐서 한시온을 미국에 불러들이려는

걸 진짜 목표로.

 이런 크리스 에드워드의 마음이 바뀐 것은 TFD부터였다.

 The First Day.

 3달과 백일이라는 팀명을 생각해 보면 스타트 라인으로 더할 나위 없이 어울리는 타이틀이다.

 이 앨범은 크리스 에드워드의 편견을 부쉈다.

 물론 몇몇 트랙은 아쉽긴 했다.

 빌보드권의 최상위 가수들이 그리워지는 순간이 있었다.

 최재성이 아니라 아이오빈이라면, 이이온이 아니라 드보타라면, 온새미로가 아니라 에반 게이치라면 훨씬 좋았을 거니까.

 구태환도 예외는 아니었지만, 다만 구태환은 트랙에서 완전히 바꿔 버리고 싶은 순간은 없었다.

 몇몇 부분에서 아쉬운 퍼포먼스를 보이긴 했지만, 특유의 리듬감은 오리지널리티가 충분했으니까.

 하지만 그럼에도 불구하고 TFD는 좋은 앨범이었다.

 아니, 미친 앨범이었다.

 그렇기 때문에 헷갈렸다.

 몇몇 부분에서는 아쉽긴 했지만 세달백일이 빌보드 최상위권 가수들과 비교할 만한 레벨이 된 건가?

그게 아니라면 짐작조차 할 수 없는 프로듀서의 역량으로 작곡 레벨에서부터 모든 단점을 가린 건가?

만약 자신이 세달백일의 1집 앨범을 프로듀싱했다면 이 정도 퀄리티가 나왔을까?

늘 궁금했지만, 하나의 앨범만으로는 알 수 없었다.

비교군이 필요했다.

그래서 〈Players〉의 가수로 세달백일을 선택한 것이었다.

첫 제안은 HR 코퍼레이션의 CEO인 앤드류 브라이언트가 먼저 했고, 처음에 크리스 에드워드는 반대했었다.

그가 원하는 건 한시온이 세달백일을 제외한 다른 가수들과 합을 맞추는 모습을 보는 것이었으니까.

그러나 결국 앤드류 브라이언트의 말에 고개를 끄덕인 것은 1집 앨범을 들었을 때의 의문이 남아 있기 때문이었다.

만약 내가 세달백일을 프로듀싱했으면 어땠을까.

그렇게 〈Players〉가 레코딩되고, 프로모션을 위해 기다리는 사이 2집 앨범이 발매되었다.

〈Stage〉와 유닛 앨범 3장.

그때쯤 크리스 에드워드는 헷갈렸다.

'왜……. 떠오르지 않지?'

여전히 세달백일 멤버들이 베스트 싱어는 아니다.

신스 팝을 잘 부를 수 있는 뮤지션은 많고, ⟨Side A⟩에서 보여준 R&B는 최상위권의 가수들에 닿지 못했다.

그럼에도 불구하고 떠오르지 않았다.

이 트랙을 더 좋게 만들어 줄 가수가.

최재성 대신 아이오빈?

아니다.

아이오빈은 일렉트로닉 팝에 통달한 가수지만, 이 느낌을 내진 못할 거다.

이이온 대신 드보타?

음색 자체는 드보타가 몇 배는 좋지만, 이이온의 VST 같은 정확한 음계는 흉내 낼 수 없다.

레코딩에서는 모르겠지만, 라이브에서는 이이온이 더 나을 거다.

온새미로와 구태환은 확실한 무기가 생겼다.

그리고 그 무기는 빌보드에서도 먹힌다.

솔로 앨범이라면 모르겠지만, 파트를 쪼개는 트랙에서만큼은 딱히 대체자가 없다.

그래서 최재성의 ⟨Side B⟩를 녹음해 달라는 부탁을 받고 흔쾌히 고개를 끄덕인 것이었다.

대체 뭘 어떻게 했기에 이렇게 변했는지.

'같이 작업을 해 보면 알겠지.'

⟨Players⟩로 공동 작업을 하긴 했지만, 당시 디렉팅은

한시온이 봤었다.

크리스 에드워드는 레코딩 현장에 없었고.

그때쯤 크리스 에드워드가 부탁한 통역가가 찾아왔고, 세달백일 멤버들도 녹음실에 방문했다.

알고 보니 세달백일 멤버들은 솔로 앨범을 녹음하더라도 어지간하면 함께한다고 했다.

처음엔 구경을 하나 싶었는데, 아니었다.

"잠깐만요. Wait!"

"Why?"

"치찰음……. 통역가님, 치찰음 때문에 음계가 뭉개진 게 아니냐고 물어봐 주실래요?"

최재성은 그렇게 혼자 몇 번을 연습하더니, 이이온에게 쪼르르 달려갔다.

그리고는 몇몇 단어에 정확한 음을 들었다.

과거에는 한시온이 해 줬던 일이지만, 요즘은 이이온이 하곤 했다.

이이온이 이런 도움을 주는 걸 꽤 좋아하기도 했고.

여기서 끝이 아니었다.

최재성은 영어 가사와 한국어 가사의 미묘한 뉘앙스 차이 때문에 고민을 좀 하다가 구태환에게 쪼르르 달려갔다.

"형, 이거 한번 편하게 불러 봐요."

"줘 봐."

가사가 적힌 A4 용지를 가만히 쳐다보던 구태환이 나지막이 노래를 부르자, 온새미로가 고개를 저었다.

"알앤비 같잖아."

"아, 그런가?"

"이거 신스 팝이잖아."

"그럼 이렇게 부를 것 같다."

구태환이 다시 노래를 부르고, 이번엔 최재성이 고개를 저었다.

그렇게 몇 번을 부르더니 최재성이 박수를 짝 치고는 다시 부스로 들어갔다.

"오케이. 좋은데?"

크리스 에드워드는 그렇게 말했지만, 최재성은 성에 차지 않은 모양이었다.

그는 이건 잠깐 미뤄 두자며 다른 부분을 우선 녹음했다.

고음 파트에 접어들자 눈을 감고 소리를 몇 번 뽑아냈다.

이번엔 누군가에게 조언을 구하지 않았지만, 크리스 에드워드는 묘하게 최고음 파트에서 온새미로의 소리가 들린다고 생각했다.

본인이 아는지는 모르겠지만, 온새미로는 좀 재미있게

고음을 빼는 타입이었다.

보통 고음역대에 접어들면 가수는 둘 중 하나를 선택한다.

소리를 좁혀서 날카로운 펜싱 칼처럼 폐부를 찌르거나, 소리를 넓혀서 성악가의 그것처럼 압력을 가하거나.

하지만 온새미로는 소리를 점차 넓힌 다음에, 가장 높은 단계가 끝나면 다시 좁히는 방법을 좋아했다.

가장 높은 단계에서 좁히는 게 아니다. 가장 높은 단계가 끝나면 좁힌다.

크리스 에드워드는 〈State Of Mind〉를 처음 들었을 때, 온새미로의 초고음역대 파트를 꽤 여러 번 들었었다.

재미있었기 때문이었다.

한데, 최재성이 지금 그렇게 소리를 만들고 있었다.

이게 참 묘하다.

신스 팝이랑 어울리는 방법은 아닌데, 아주 유니크하다.

디렉터로서 말려야겠다는 생각이 들다가도, 트랙을 듣고 있으니 고민이 된다.

'조금만 더 리드미컬하면 되지 않나? 밴딩음을 살짝 버리더라도.'

결론을 내린 크리스 에드워드가 이런 요구를 하자, 다시 구태환이 나선다.

하지만 구태환이 보여 주는 리듬이 좀 구태의연한 거 같아서, 고개를 저었다.

"헤이, Koo. 너무 올드해."

"어, 잠깐만요. 다르게 해 볼게요. 제가 요즘 70년대 노래를 많이 들어서 몸에 뱄나 봐요."

이쯤 되자 크리스 에드워드는 자신이 최재성의 솔로 앨범을 프로듀싱하는지, 세달백일 전체를 프로듀싱하는지 헷갈릴 지경이었다.

하지만 확실히 알게 되었다.

'이렇게 성장한 거군.'

각자 가지고 있는 무기를 얼마든지 서로에게 빌려준다.

그리고 그 무기를 쓰면 쓸수록 서로에게 좋은 영향을 미친다.

그래서 크리스 에드워드는 궁금해졌다.

'이 팀이 영원할 리는 없는데?'

오래 가는 팀은 적당한 비즈니스 감각으로 묶인 팀이다.

이렇게 가족처럼 의지하는 팀은 의외로 쉽게 깨져 버린다.

믿음이 너무 크면 배신감도 너무 크니까.

크리스 에드워드는 세달백일의 미래가 궁금하면서도 이 팀이 깨지지 않길 바라는 마음이 들었다.

만약 이들이 영원할 수만 있다면, 그룹 사운드의 역사에 한 획을 그을 수도 있겠다고 생각하면서.

* * *

컬러스 미디어는 생각보다 손쉽게 〈STAGE〉의 유통권을 가져왔다.

이는 HR 코퍼레이션 내부에서도 이미 말이 나오고 있었기 때문이었다.

〈The First Day〉에 총력을 기울이는 중이니 〈STAGE〉에 별다른 신경을 쓰지 못하고 있는데, 이대로 쥐고 있는 게 맞냐는.

물론 HR 코퍼레이션이 낭만 가득한 기업이라서 세달백일을 위해 〈STAGE〉를 컬러스 미디어에게 양도했을 리는 없었다.

당연히 HR 코퍼레이션도 적절한 돈을 요구했고, 적절한 조건을 내세웠다.

"3집을 컬러스 미디어에게 붙이는 건 안 됩니다."

바로, 3집 앨범의 유통권을 컬러스 미디어에게 주지 않는 것이었다.

그 대신 〈STAGE〉에 Side A, B, C의 유닛 앨범의 유통권까지 싸게 묶어서 넘기기로 했다.

엄밀히 따지면 HR 코퍼레이션이 유닛 앨범의 유통권을 가지고 있는 건 아니었지만, 한시온도 알고 있었다.

HR이 하려고 한다면 얼마든지 유닛 앨범의 유통권을 물고 늘어질 수 있다는 걸.

유닛 앨범이 합치면 〈STAGE〉이기 때문에, 〈STAGE〉의 유통권에 유닛 앨범의 유통권까지 포함된 거라고 주장할 여지가 있다.

소송의 나라 미국이 아니던가?

이에 대한 소송이 들어오면 해결되기 전까지 유통이 불가능할 거다.

물론 세달백일과 원만한 관계를 원하는 HR이 그런 일까지 벌이진 않겠지만, 협상의 패로 사용할 수는 있다.

결국 컬러스 미디어와 HR 코퍼레이션은 서로의 조건을 수용하며 악수를 나눴다.

컬러스 미디어가 적절한 가격에 〈STAGE〉와 유닛 앨범 3개의 유통권을 가져온 것이었다.

"축하드립니다. 이 바닥에서 보기 드문 원-원 거래가 됐군요."

HR 코퍼레이션의 CEO이자, 세달백일과 다이아몬드 프로젝트를 진행 중인 앤드류 브라이언트는 이렇게 말했지만…….

속으로는 의아함을 품고 있었다.

⟨STAGE⟩는 물론 좋은 앨범이다.

사람 취향에 따라 좀 갈리겠지만, ⟨The First Day⟩보다 좋은 구석도 많다.

특히 최신 트렌드라는 개념에서 접근하자면 TFD보다 나은 부분도 많다.

하지만 그럼에도 불구하고 HR 코퍼레이션이 TFD를 선택한 이유는 명확하다.

빌보드의 거물들이 엮여 있기 때문이었다.

낯선 물건을 팔기 위해서는 익숙한 부분으로 접근을 해야 한다.

TFD는 익숙한 이름들로 버즈량을 만들고 익숙한 이름 옆에 놓을 수가 있는 앨범이다.

하지만 ⟨STAGE⟩는 아니다.

유닛 앨범을 합치면 하나의 앨범이 나오는 기획도 마찬가지다.

이게 먹히려면 '유닛 앨범' 자체에 생명력이 있어야 한다.

사람들이 유닛 앨범을 먼저 듣고, 열광하고, 박수를 보내는데, 이게 웬걸?

이 앨범들이 합쳐지면 또 하나의 작품이 된다고?

그러면 열광할 포인트가 되는 것이다.

한국에서는 이 수순을 정확히 밟았다.

셀프 메이드라는 커머셜 쇼를 통해서 유닛 앨범을 보여주고, 세달백일 멤버들의 개인 활동 속에서 유닛 앨범이 탄생했으니까.

하지만 이게 미국에서 먹힐까?

아직도 꽤 인기를 끌고 있는 〈DROP〉이 포함된 〈STAGE SIDE B〉를 제외하면 안 먹힐 거다.

〈STAGE SIDE B〉도 앨범 단위로는 안 먹힐 거다.

〈DROP〉이란 곡이 특별한 거다.

그러니 앤드류 브라이언트는 컬러스 미디어가 〈STAGE〉와 유닛 앨범 3장을 어떻게 프로모션할 것인지 감이 잡히지 않았다.

세달백일의 미국 내 스케줄에 대한 우선권도 HR 코퍼레이션에 있다.

호기심을 참지 못한 앤드류 브라이언트는 살살 컬러스 미디어를 떠봤고, 재미있는 소리를 들었다.

"천재들이 만든 작품 아닙니까? 그렇다면 작품이 아닌 천재로 마케팅을 해야죠."

맞는 말이다.

천재로 불리는 아티스트들은 작품보다 천재 캐릭터가 더 잘 팔린다.

하지만…….

"세달백일이 천재 집단이라는 말입니까?"

"그럼요. 당연하죠."

좀 의아하다.

자이온, 아니 한시온은 천재다.

한 사람의 머리에서 어떻게 그렇게 쉬지 않고 히트곡이 쏟아져 나오는지 이해할 수 없을 정도다.

데뷔한 지 1년밖에 되지 않았는데, 발매한 곡이 30개에 가깝다.

하지만 이보다 놀라운 건, 그가 만든 곡에 '자기복제' 논란이 없다는 것이었다.

한시온은 늘 새로운 사람이 되어서 새로운 장르로 곡을 쓴다.

그러면서도 퀄리티는 완벽하고.

하지만 세달백일이 천재냐고 하면 아니다.

그들은 명백히 한시온의 재능에 기대어 있는 수재들이다.

그때 컬러스 미디어의 치프 매니저 파울이 슬쩍 웃음을 흘렸다.

"두고 보시죠. 그 친구들은 천재니까."

\* \* \*

나의 미국행 스케줄은 원래 이틀짜리였다.

금방 다시 미국으로 와야 하겠지만, 일단 길게 체류할 생각이 없었다는 것이었다.

하지만 어제, 재미있는 생각이 났다.

그래서 컬러스 미디어가 〈STAGE〉의 유통권을 거머쥐자 파울에게 미팅을 요청했다.

"한국으로 돌아가기 전에 팟캐스트에 출연하고 싶은데요."

"팟캐스트? 어떤 거요?"

"Sound Fact라고, 혹시 압니까?"

날 가만히 쳐다보던 파울이 웃음을 터트렸다.

"당연히 알죠."

하긴, 컬러스 미디어의 치프 매니저가 사운드 팩트를 모를 리가 없긴 하다.

미국은 한국보다 팟캐스트가 훨씬 발달해 있다.

땅덩어리가 너무 넓기 때문인데, 주 단위로 활동하는 방송국이 각자의 채널 콘텐츠를 가지고 주에 방송을 하기 때문이었다.

물론 한국의 공중파처럼 모든 주에 동시 송출되어서 전국민이 보는 프로그램도 있긴 하다.

하지만 그런 프로그램은 천문학적인 돈이 들어가는 프로그램들이고, 손쉽게 출연할 수가 없다.

그렇기 때문에 적당한 수준의 셀럽이나 특정 콘텐츠를

메인으로 삼은 전문가들이 팟캐스트를 많이 진행한다.

코로나 이후로는 팟캐스트 시장이 어마어마하게 커지기도 하고.

아직 그 정도는 아니지만, 그래도 상위권 팟캐스트들은 몇십만의 동시 청취자를 가지고 있다.

후청취자까지 생각하면 백만 단위일 거고.

전세계에 송출되는 BBC 라디오의 뉴스 팟캐스트나 TED의 Talks 팟캐스트 같은 건 천만 단위일 거다.

Sounds Fact는 이런 팟캐스트들 중에서 오직 음악(정확히는 음반)에 목숨을 건 팟캐스트다.

"사운드 팩트에 대해서 좀 알아요?"

"네. 잘 알고 있습니다. 그러니까 출연을 요청하죠."

"음, 그래도 현지에서 받아들이는 거랑 이미지가 좀 다를 겁니다."

파울이 왜 이런 말을 하는지 안다.

사운드 팩트는 4년 전쯤 로니와 보니(가명이다)라는 두 대학생이 재미로 시작한 팟캐스트였다.

대학 동기인 두 사람은 음악광이었는데, 고인물들이 늘 그렇듯 불만이 많았다.

이건 뭐가 구리고, 저건 뭐가 구리고…….

사운드 팩트는 이런 불만을 적나라하게 표출하기 위해서 시작한 팟캐스트였고, 처음 팟캐스트 타이틀은

Sound Fuck이었다.
 한데, 이게 인기를 얻기 시작했다.
 로니와 보니는 엄청나게 해박한 음악적 지식을 가지고 있는데, 그들의 신랄한 비판이 청취자들에게 묘한 쾌감을 준 것이었다.

 [좆같은 기타 연주야. 내가 왜 이렇게 말하는지 알아? 잠깐 이 앨범을 들어 봐.]

 게다가 그들의 비판에는 언제나 대안이 있었고, 근거가 있었다.
 종종 예언과도 같은 비판을 하기도 했다.

 [기타리스트를 바꾸지 않으면 이 밴드는 해체할 거야.]
 [어쩌면 약물 중독일지도 모르겠어.]

 하지만 이때까지만 해도 메인스트림의 팟캐스트는 아니었다.
 지나치게 적나라한 표현에 거부감을 느끼는 이들도 많았고, 로니와 보니가 음악을 전공한 이들이 아니라서 신뢰를 갖지 못하는 이들도 많았다.
 이들이 메인스트림에 올라선 것은 3년 전에 아이오빈

과 설전을 벌이면서였다.

아이오빈은 지금은 일렉트로닉 팝에서 빼놓을 수 없는 인물이 됐지만, 3년전 만 해도 애매한 싱어송라이터였다.

재능이 있는 건 분명한데, 방향성이 불분명했다.

1집 앨범은 R&B였고, 2집 앨범은 하우스였고, 싱글은 파티튠과 힙합을 발매했을 정도로.

보니와 로니는 언젠간 아이오빈의 모든 앨범을 가지고 와서 신랄하게 깠는데, 여기에 아이오빈이 긁혔다.

그리곤 트위터에 공식 선언했다.

[배짱이 있으면 날 초대해. 라이브 방송에서 너희들의 가짜 지식을 다 부숴 줄 테니까.]

놀랍게도 보니와 로니는 곧장 아이오빈을 초대했고, 실제로 팟캐스트 라이브를 가졌다.

사람들이 관심을 보이기 시작했고, 아이오빈 소속사의 부탁으로 Sound Fuck이란 팟캐스트명을 Sound Fact로 바꿨다.

그날의 팟캐스트는 전설이 되었다.

로니와 보니는 아이오빈이 뭐가 문제이며, 어떤 지점에서 잘못된 생각을 하고 있으며, 어떤 식으로 음악의 지향점을 가져야 할지를 미친 사람처럼 떠들었다.

처음엔 반박을 하던 아이오빈도 마침내 두 손을 들었다.

감정을 버리고, 이성적으로 생각하면 로니와 보니의 말이 틀린 게 없었기 때문이었다.

결국 분노를 가진 채 시작했던 아이오빈은, 자신이 이 팟캐스트에 왜 출연했는지조차 잊어버리고 로니와 보니의 이야기를 경청했다.

그리곤 일렉트로닉 팝으로 방향성을 정하고, 앨범 제작을 시작했다.

로니와 보니의 충고 때문이었는데, 심지어 앨범을 제작하면서 로니와 보니에게 꾸준한 조언을 구하기도 했다.

그렇게 발매된 앨범이 〈SINCE〉.

역대 일렉트로닉 팝 앨범 중에서 다섯 손가락 안에 드는 명작이 탄생한 것이었다.

이쯤 되니 사람들은 로니와 보니가 음악 전공자는 아니더라도 뛰어난 감각을 가졌음을 인정할 수밖에 없었고, 팟캐스트의 신뢰성이 올라갔다.

그 뒤로도 비슷한 일이 많았다.

로니와 보니가 극찬을 퍼부은 무명 가수의 앨범이 빌보드 앨범 200에서 10위를 기록하거나, 표절이라고 비난을 퍼부은 트랙이 정말로 표절로 밝혀지거나.

하지만 가장 중요한 건 로니와 보니가 변하지 않았다는 것이었다.

그들의 팟캐스트가 인기를 얻은 뒤로는 당연히 수많은 에이전시의 마케팅 콜이 있었다.

로니와 보니가 '이 앨범 좋다'라고 하면 무작정 구매하는 극렬 팬층이 생겼기 때문이었다.

하지만 그들은 앨범의 리뷰 요청은 받아들여도, 리뷰 내용은 솔직했다.

[우리는 이 앨범을 리뷰해 주는 대가로 만 달러를 받았어.]

[근데 아무래도 돈이 부족할 것 같네.]

[이 쓰레기를 1시간이나 들어야 한다면 10만 달러는 받아야 해.]

심지어 해당 앨범을 발매한 가수가 눈앞에 있는데 한 말이었다.

그래서 Sound Fact는 양날의 검이었다.

앨범에 자신이 있어서 리뷰를 요청했다가 혹평을 받아 버리면 실제로도 앨범 판매량이 부진해지니까.

반대로 호평을 받으면?

무명 가수든 뭐든 최소 판매량은 보장이 된다.

이렇게만 말하면 좋은 앨범을 만들었다면 사운드 팩트에 출연하는 게 무조건 좋아 보일 수도 있다.

하지만 꼭 그런 건 아니다.

로니와 보니는 인기도 많지만, 그만큼 안티도 많다.

특히 유명 팝가수들의 열성 팬들은 로니와 보니를 싫어하는 경우가 많고, 음악 산업의 메인스트림을 이루는 사업가들도 로니와 보니를 싫어한다.

아무래도 B급 감성인 데다가 가수의 캐릭터를 인정해 주지 않기 때문이었다.

이들은 가수가 어떤 삶을 살아서 어떤 메시지를 어떤 식으로 담았는지에 관심이 없다.

그들이 추구하는 방향성은 오직 사운드다.

그래서 사운드 팩트로 얼굴을 알린 루키들이 묘한 편견을 받기도 한다.

"아시아인이 로니와 보니의 쇼에 출연해서 고개만 끄덕이고 있으면, 별로 긍정적인 이미지 메이킹은 아닐 겁니다."

파울은 넌지시 돌려 말했지만, 난 고개를 저었다.

"출연하고 싶습니다. 좋은 결과가 나올 거라는 확신도 있습니다."

로니와 보니는 날 모르겠지만, 난 그들을 잘 안다.

분명 재미있는 결과가 나올 거다.

날 가만히 쳐다보던 파울이 한참의 고민 끝에 고개를 끄덕였다.

"연락을 취해 보죠."

다행히 운이 좋았다.

그날 밤 난 시애틀로 날아갔고, 바로 다음 날 로니와 보니의 팟캐스트에 출연하게 된 것이었다.

\* \* \*

과거에는 라디오나 팟캐스트는 반드시 사운드로만 전송되는 방송이었다.

하지만 시간이 흐르면서 보이는 라디오가 생겨나는 것처럼, 팟캐스트도 두 가지 방식을 동시 송출하는 경우가 많아졌다.

기존의 보이스 팟캐스트를 유지하면서, 유투브를 통해서 라이브 영상을 함께 송출하는 것이었다.

그러나 로니와 보니라는 가명을 쓰는 사운드 팩트의 진행자들은 그들의 쇼를 오직 보이스로만 진행했다.

쇼의 정체성이 사운드를 검증하는 것이니, 비주얼은 방해가 된다는 이유에서였다.

틀린 말도 아니었다.

같은 노래를 불러도 외모가 특출난 이들이 부르면 더

좋게 들릴 수도 있다.

기타리스트가 똑같은 곡을 연주하더라도 동작이 화려한 쪽이 사운드도 더 화려하게 들리는 것과 같은 이치다.

물론 그렇다고 사운드 팩트가 영상을 완전 배제한다는 말은 아니었다.

보이스로만 진행되는 팟캐스트가 끝나면, 48시간 안에 동영상 버전이 올라간다.

그리고 이 동영상 버전의 퀄리티가 상당히 높다.

팟캐스트를 하다 보면 어쩔 수 없이 불필요한 이야기가 나오는 경우가 있는데, 그런 것들을 편집하거나 요약하는 감각이 상당하다.

게다가 음악적 스토리 텔링에 필요한 근거들을 영상에 가져다 붙이기도 했다.

보니와 로니도 사람이다 보니, 기억이 드문드문할 때도 있고, 당장 찾아서 들려줄 수 없는 노래를 언급할 때도 있으니까 말이었다.

이런 이유 때문에 사운드 팩트는 팟캐스트가 근본임에도 불구하고 동영상으로만 접한 이들이 상당히 많았다.

팟캐스트는 한 번도 듣지 않았지만, 사운드 팩트의 채널을 구독하고 영상을 시청한다는 말이었다.

물론 사운드 팩트의 초창기를 함께 만들어 온 열성팬들은 팟캐스트를 더 좋아하긴 했다.

플로리다에 거주하는 제이미 역시 사운드 팩트 팟캐스트의 열성 청취자였다.

그녀가 20살이던 해에 시작한 이 쇼는 만으로 4년, 햇수로는 5년 동안 그녀와 함께했다.

그녀가 현재 음향과 관련된 일을 하는 것도 전적으로 사운드 팩트의 영향이었고.

그렇기 때문에 팟캐스트가 시작하자마자 제이미는 아이폰을 켰고, 1부를 꽤 재미있게 청취했다.

보통 사운드 팩트의 1부는 지난 일주일간 나온 신보에 대한 이야기를 하는 경우가 많았다.

플렝스 앨범에 대한 이야기를 할 만한 게 없으면, 여러 개의 싱글을 묶어서 이야기를 한다.

이번 1부에서 가장 오랫동안 다룬 트랙은 〈Players〉였다.

〈Players〉는 빌보드 Hot 100에 단숨에 차트 인 한 곡이지만, 정작 곡의 주인인 밴드 GOTM과 SBI라는 가수에 대해서는 알려진 바가 별로 없다.

프로모션도 크리스 에드워드의 유명세로 진행되었고, GOTM 멤버들이 빌보드 매거진을 통해 인터뷰를 한 번 한 게 다였다.

그들의 입을 통해 이 곡의 작곡가가 현재 다큐멘터리 때문에 시끄러워진 자이온이란 게 알려진 정도였고, SBI가

자이온이 소속된 팀이라는 것도 알려졌다.

그러나 보니와 로니는 늘 그렇듯 가수의 캐릭터나 스토리에는 별 관심이 없었다.

그들이 가수에게 관심을 갖는 경우는 풀렝스 앨범을 들었는데, 그게 너무 좋고, 일관된 메시지를 담고 있을 때뿐이었다.

그럼 그 메시지가 정확히 어떤 의미를 담고 있는지를 알기 위해서 가수의 생애에 대해서 알아보는 것이었다.

그러니 그들은 〈Players〉의 가수에 대해서는 별 관심이 없었고, 사운드에 대한 이야기만 20분 가까이 퍼부었다.

대부분이 극찬이었다.

오죽하면 단점으로 거론된 부분에 사운드에 대한 이야기가 없을 정도였다.


[이 곡에서 아쉬운 건 딱 두 개야.]

[첫째로, 믹싱이 구려.]

[퀄리티가 구리단 건 아닌데, 사운드의 하이 레벨을 일부러 컴프레셔의 끝에 아슬아슬하게 걸었어.]

[오아시스가 이런 식으로 성공하긴 했지. 그들은 서정적인 노래를 부르면서도 사람들을 열광시켜야 했으니.]

[그리고 이건 오아시스 1, 2, 3집의 프로듀서였던 오웬

모리스의 작품이었어.]

[오웬 모리스가 퇴물이라는 이야기를 하는 건 아니야. 오, 나도 레전드에 대한 존중은 있다고.]

[근데 지금은 2018년이라고.]

[촌스러워.]

[곡 정보를 안 봐도 뻔해. 아마 HR 코퍼레이션같이 전통적인 백인 사운드를 신봉하는 회사에서 만졌을 거야. 인터스코프였다면 이런 식으로는 안 했겠지.]

[하지만 이건 원곡의 감칠맛을 더 살렸어야 했어.]

[장인이 만든 칼이 너무 예리하자, 팔아치우기 위해서 뭉뚝하게 만든 느낌이랄까?]

[두 번째는 밴드가 공연 경험이 없는 게 느껴져.]

[내가 모르는 팀이지만, 이 친구들은 밴드 경력이 오래되지 않았을 거야. 아마 언더그라운드 공연 경험도 거의 없을 거고.]

[이렇게 개성 강한 팀은 바닥에서 좀 굴러야 완성되는 법인데, 그게 없어.]

[프로듀서가 엄청나게 카리스마 있는 사람이었나 보지? 그렇지 않았다면 밴드가 따로 연주한 다음에 엔지니어가 합쳐야 했을지도 몰라.]

[근데 그건 밴드가 아니지.]

[그만큼 밴드가 일체감이 부족해. 연주는 잘했어. 이

친구들의 다음 트랙이 나오면 반드시 들어 볼 거야.]

 제이미는 보니와 로니가 '아쉬운 게 두 개야'라고 말하는 게 낯설었다.

 보통은 '이게 좋고, 이게 좋아. 근데 그걸 뺀 나머지가 전부 존나 구려.'로 시작하니 말이었다.

 게다가 단점으로 지적한 것도 노래 자체의 퀄리티라기보다는 외적인 요소였으니까.

 '정말 좋나 본데?'

 제이미는 들어 보지 못한 노래였기 때문에 그렇게만 생각했지만, 사실 보니와 로니의 멘트는 놀랄 만큼 정확한 것이었다.

 HR 코퍼레이션에서 이 노래를 유통할 당시, 전통적인 북미 스타일에 맞춰 믹싱과 마스터링을 다시 진행했으니까.

 뿐만 아니라, 이 곡을 녹음하던 순간도 그랬다.

 한시온은 직접 연주를 통해서 GOTM 멤버들에게 '답'을 알려 줬었다.

 그리고 그 답은 GOTM에게 큰 충격과 놀라움을 안겨 줬고, 그들이 고분고분 한시온의 말을 따르게 되는 계기가 되었다.

 그런 카리스마가 발휘되지 않았다면, 보니와 로니의 말

처럼 개성 강한 GOTM이 단숨에 엮이기 힘들었을 것이었다.

물론 사람들은 이러한 사실을 알지 못했고, 보니와 로니조차도 그들의 말이 얼마나 정확한지는 알지 못했다.

그들이 하는 말이 늘 정답인 건 아니었으니까.

다만 2부에 출연하기 위해서 팟캐스트를 들으며 대기 중이던 한시온이 조금 놀랐을 뿐이었다.

보니와 로니는 그렇게 1부를 진행하면서 대부분의 곡을 까 댔고, 〈Players〉와 〈Rudeless〉라는 트랙만 칭찬했다.

하지만 〈Players〉는 극찬이었고, 〈Rudeless〉는 적당한 칭찬이었다.

사운드 팩트에서 극찬이 나오는 곡이 있으면, 스포티파이나 애플 뮤직의 실시간 검색량이 상승한다.

이번에도 마찬가지였다.

[자, 그럼 1부가 끝난 김에 아까 말했던 Players나 한 번 들어 보자고.]

심지어 그들의 1부의 엔딩을 알리며 플레이까지 했고.

그렇게 노래 두 곡이 나온 이후, 곧장 2부가 시작되었다.

[자, 돈 벌 시간이야.]

[컬러스 미디어 그룹 알지? 거기서 우리에게 꽤 큰돈을 주면서 이런 말을 했어.]

[이 천재를 프리뷰 해 줘.]

[Fuck. 일단 두 가지가 마음에 안 들어. 천재라는 단어와 그들이 제시한 금액이.]

[돈이 적어서가 아니야. 많았어.]

[진짜 천재라면 이렇게 많은 돈을 줘서 우리 앞에 세울까?]

[모르는 일이지. 일단 가 보자고. 젠장, 컬러스 미디어가 이름도 안 알려줬어. Question Guy라고 부르래. QG?]

[들어와. 퀸스 갬빗.]

[그게 뭐야?]

[소설도 안 봤어? 넷플릭스에서 드라마로 만든다는 말도 있던데.]


사운드 팩트의 재미있는 점은, 그들이 돈을 받고 진행하는 일을 가감 없이 밝힌다는 것이었다.

풀렝스 앨범을 한 시간 동안 리뷰할 때도 그렇다.

이건 돈을 받고 하는 일이야.

기본적으로 의무가 있다는 거지.

하지만 이딴 식의 앨범을 들어야 하는 의무인 줄 알았다면 금액을 더 높게 부를걸 그랬어.

이런 식으로 말이었다.

그들의 이런 태도를 싫어하는 미디어 그룹들이 정말 많았지만, 시청자들은 반대였다.

보니와 로니가 돈을 받고 의무를 짊어졌지만, 그와 별개로 좋은 음악에 대한 순수성은 훼손하지 않는다는 걸 좋아했다.

그렇기 때문에 보니와 돈을 받고 리뷰를 하는 앨범에 로니가 극찬을 퍼부어도, 그 누구도 의심을 하지 않았다.

의심을 하기엔 지난 5년간 이들이 보여 준 솔직함이 너무 많기도 했고.

어떤 의미에서는 영리한 행보기도 했다.

몇 년 전에 그들의 쇼가 커머셜하게 변해 버렸다면, 지금 이 자리에 있지 못했을 테니까.

그때 들어오라는 보니의 말에 문을 열고 퀘스천 가이가 입장했다.

\* \* \*

한시온의 등장에 보니와 로니가 당황했다.

그들은 오늘 함께 방송을 할 퀘스천 가이가 동양인이라

는 말을 듣지 못했고, 사전에 미리 미팅을 하지도 않았었다.

일종의 편견이겠지만, 컬러스 미디어 그룹의 신예가 동양인일 줄도 몰랐다.

하지만 이어진 말에 두 사람은 더욱 당황했다.

"Hola."

한시온의 인사가 스페인어였기 때문이었다.

조부가 스페인 사람이라서 스페인어에 능숙한 보니가 입을 열었다.

"Es usted español?(스페인 사람이야?)"

"Necesitas saberlo?(알아서 뭐 하게?)"

"뭐라고 하는 거야?"

스페인어를 모르는 로니의 질문에 보니가 어깨를 으쓱했다.

"오늘 쇼를 스페인어로 진행해야 할지 물어보니까 닥치라는데."

그 순간 씩 웃은 한시온이 영어로 입을 열었다.

"스페인어와 영어는 내 모국어지. 걱정할 필요 없어."

누가 들어도 네이티브인 영어였고, 서부 쪽 향기가 좀 났다.

아마 캘리포니아 정도.

하지만 혼혈처럼 보이진 않는다.

어쩌면 스페인어 화자와 영어 화자가 동시에 존재하는 가정에 입양이 된 동양인일지도 모르겠다는 생각이 들었다.

하지만 보니와 로니는 그런 스토리에는 관심이 없었다.

"오케이. 어차피 출신지는 중요한 게 아니지. 외계인이라고 해도 우리 쇼에서는 의미가 없으니까."

그렇게 상황을 정리한 보니가 어깨를 으쓱했다.

"컬러스 미디어는 우리에게 아무 정보도 없이 시작하는 대가로 큰돈을 줬단 말이지?"

"대체 뭘 하고 싶은 거야?"

멘트를 맞추지 않았음에도 딱딱 맞아떨어지는 보니와 로니의 질문에 한시온이 씩 웃었다.

보니는 그 웃음이 좀 특별하다는 생각이 들었다.

지금껏 그들의 쇼에 출연한 뮤지션은 셀 수 없이 많다.

쇼가 본격적으로 인기를 얻게 된 계기는 아이오빈이지만, 그 외에도 수많은 뮤지션이 출연했다.

개중에는 여유로운 이들도 있었고, 긴장한 이들도 있었다.

하지만 퀘스천 가이 같은 태도를 보이는 이는 없었다.

단어로 딱 꼬집긴 힘들지만, 굳이 표현해 보자면······.

'얕잡아 보는군.'

이 동양인 남자는 그들을 내려다보고 있다.

간만에 재미있다.

로니도 같은 걸 느꼈는지 어깨를 으쓱했다.

"말해봐. 뭘 하고 싶은데?"

"지금부터 내가 작곡한 곡을 들려줄 거야. 내가 부른 것도 있고, 아닌 것도 있지."

"그래서?"

"개선점을 좀 짚어 줬으면 좋겠는데. 날 설득해서."

"그게 다야?"

"다지."

"오케이. 그럼 하나만 물어보자고. 그 곡들이 세상에 발표가 된 곡이야?"

"된 것도 있고, 아닌 것도 있어."

"재밌네. 재밌어."

"어차피 2부는 사람들이 별로 안 좋아한단 말이지. 아무래도 우리 청취자들은 우리가 돈 버는 걸 싫어해서."

"바로 시작해 볼까?"

보니와 로니가 그렇게 말을 하자 한시온이 USB를 내밀었다.

그 안에는 총 6곡이 들어 있었다.

첫 번째 곡은 〈Selfish〉였다.

하지만 드롭 아웃이 부른 버전이 아니다.

한시온이 빌보드 차트에 올렸던 원래의 버전으로 부른

트랙이었다.

당연히 가사도 영어였고.

*　*　*

내가 셀피시를 사운드 팩트에 내밀 첫 번째 트랙으로 정한 건, 당연하다면 당연한 것이었다.

셀피시는 시기를 타지도 않고, 사회상을 타지도 않는 곡이다.

어느 시점에 발매하든 적절한 프로모션만 있다면 빌보드 차트 1위를 기록한다.

심지어 내가 무명에 가깝더라도.

그러니 날 소개하는 곡으로는 이만한 게 없었다.

당연한 이야기지만 이건 드롭 아웃의 소속사인 더블엠과 합의가 된 일이다.

셀피시는 3부작으로 구성된 노래다.

⟨Selfish⟩, ⟨Twist⟩, ⟨Abandon⟩.

난 이 곡을 전부 더블엠의 오 대표에게 팔았고, 드롭 아웃의 재계약 가능성이 49 대 51이라면 적어도 반반으로는 만들어 줄 수 있을 거라고 말했었다.

그 덕분에 우리의 자컨에 당대 최고의 케이팝 보이 그룹인 드롭 아웃이 출연을 했던 거고.

그리고 드롭아웃은 다음 달에 〈Twist〉를 힘 빡 준, 미니 앨범 타이틀로 발매한다.

오 대표는 슬슬 세상에 3부작이 있음을 알리고, 그걸 내가 작곡한 걸 알리고 싶어 했다.

이번 미니 앨범을 끝으로 계약이 만료되니까 좀 급한 모양이지.

이런 상황에서 내가 외국 쇼에서 셀피시를 부르고 싶다고 하니까, 쌍수를 들고 환영했다.

하지만 오 대표가 모르는 사실도 하나 있긴 하다.

셀피시가 3부작이라는 건, 당시에 그냥 지어낸 말이다.

〈Twist〉와 〈Abandon〉은 셀피시를 더블엠 엔터에 드라마틱하게 팔기 위해서 금방 작곡한 곡이고.

그래도 곡 퀄리티는 좋은 편이니 사기는 아니다.

아니겠지, 뭐.

"이걸 순서대로 틀기만 하면 되는 건가?"

"그 전에. 저 기타 좀 써도 되지?"

사운드 팩트의 팟캐스트 룸 한편에 진열된 기타를 가리키며 물었다.

원래는 기타를 가져오려다가 천재 코스프레를 하면 이게 더 좋을 것 같아서.

로니가 어깨를 으쓱했다.

"상관없는데. 그거 조율이 엉망이야. 조율기도 없고,

조율할 시간도 못 줘. 팟캐스트라고."

"그래?"

기타는 반음계 악기고, 한 칸이 무조건 반음씩 전개된다.

플렛이 없는 현악기와 달리 멜로디를 연주하기가 아주 쉬운 악기라는 뜻이었다.

뭐, 그만큼 코드를 치기 어려우니 장단점은 있지만.

아무튼 그렇기 때문에 기타는 조율이 망가지면 듣기 상당히 거북해진다.

한데, 정확한 플랫을 정확한 음계로 조율하는 건 쉽지 않다.

조율기를 장착하고 해도 실수가 발생하기도 하는 일이고.

하지만 나한테는 관련 없는 일이다.

내가 반의 반음까지 잡아낼 수 있는 상대음감이 있어서가 아니라, 그냥.

회귀자니까.

어떤 일을 백 년 넘게 해 오다 보면 다들 나처럼 잘하게 될 거다.

로니에게 '그래?'라고 대답함과 동시에 최대한 빠른 속주로 크로매틱 스케일을 연주했다.

1회차 애송이일 때는 친구들과 누가 크로매틱 스케일을 빨리 칠 수 있나 내기도 많이 했었는데.

그런 생각을 하며 기타에 달린 줄감개를 툭툭 돌렸다.

"벌써 다 됐는걸?"

"……장난하는 거지?"

"전혀. 자자, 가자고. 팟캐스트라며? 내 얼굴이 보이지 않으니까 다들 지루할 거 아니야?"

"보면 뭐 즐겁나?"

"이거 왜 이래? 못생긴 얼굴도 보는 재미가 있을 수 있어."

일부러 살짝 투덜거리며 말하니 보니와 로니가 피식 웃으며 눈으로 끄덕인다.

그들도 내 의도를 어느 정도는 알아차린 것 같다.

난 스페인으로 인사를 하는 사람이며, 서부식 영어를 구사하는 사람이다.

단언컨대 지금 팟캐스트를 듣는 사람들 중 단 한 명이라도 내가 동양인이라고 생각하는 사람이 있을까?

케이팝 아이돌이라고 생각하는 사람은?

없을 거다.

수십만 명 중에서 단 한 명도.

사실 로니나 보니 중 한 명이 내가 아시아인이라는 이야기를 할 줄 알았는데, 안 했다.

했으면 뜬금없는 소리를 한다면서 잡아뗄 생각이었는데, 스페인어로 포문을 열길 잘한 것 같다.

이런 상황에서 영상이 공개되면 어떨까?

사운드 팩트의 유투브 조회 수는 최소가 100만이다.

분명 재미있을 거다.

로니와 보니의 눈빛을 보아하니, 그들도 이 반전에 대해서 뒤늦게 깨달은 모양이었다.

"좋아. 가 보자고, 퀸스 갬빗?"

"차라리 퀄리티 게임이 낫겠는데."

"퀀텀 그래비티는(양자 중력)?"

"마블 팬인 아시안 너드들이 좋아할 것 같네."

"그거 동양인 차별이야."

"난 뼛속까지 한국인이야. 이 세상 모든 국가 중에서 한국을 가장 사랑한다고."

"크크."

숨죽여 웃은 보니가 이번엔 정말로 노래를 틀었다.

셀피시의 MR이 흘러나오는데, 기타 연주가 빠져 있다.

그건 내가 지금 연주할 거다.

"제목은 〈Selfish〉야."

탁, 탁.

마음속으로 두 번 박자를 세고는 기타를 연주했다.

잡음이 들어가지 않게 입을 다문 보니와 로니의 얼굴에 놀라운 기색이 역력하다.

제대로 조율이 됐는지 확인도 안 해 본 기타가 조율기

로 만진 것처럼 딱 맞아떨어지니까.

하지만 조율 실력은 아티스트의 실력은 아니다.

금세 놀라움을 떨쳐 버린 둘은 내 연주를 해체해 버리겠다는 기세로 날 뚫어져라 쳐다본다.

열심히 봐라.

그래야 단점을 찾을 테니까.

하지만, 없을 거다.

그 어떤 분야든 실력을 기르는 가장 쉬운 방법 중 하나는 단점을 제거하는 거다.

4회차? 아니면 5회차?

난 그 정도까지 기타 원툴이었다.

피아노를 칠 줄 모르는 건 아니지만, 기타 실력과는 꽤 차이가 많이 났다.

그런 내가 기타리스트로서의 단점을 제거하려고 얼마나 많이 노력했겠는가?

그걸 모두 제거한 다음에 새로운 모험을 해 보고, 그 모험으로 새로운 장점을 얻은 다음에는 다시 단점을 제거했다.

그렇게 백 년이 훌쩍 넘는 시간 동안 친 게, 이 악기다.

장담컨대 에릭 스캇이나 에릭 클랩튼이 와도 내 기타의 단점을 발견하긴 힘들 거다.

그렇게 연주가 쏟아지고, 로니와 보니가 저도 모르게

황홀한 표정을 짓는 순간.

내 입이 열렸다.

**난 나만 알고**
**자신만만했지**
**숨 쉬듯 무례하고**
**걸음은 오만했지**

* * *

사운드 팩트를 듣고 있던 제이미가 멍하니 멈춰 섰다.

그녀에 귀에 꽂힌 이어폰을 통해 흘러나오는 노래가 지나치게 완벽했기 때문이었다.

어떤 노래에서는 완벽함이라는 게 칭찬이 아닐 수도 있다.

사운드에 대한 강박감도 완벽함으로 포장되고, 음정에 대한 집착도 완벽함으로 포장되니까.

그런 것들이 정확하다고 노래가 좋다면, 이 세상 최고의 가수는 과학자였을 거다.

세상에서 가장 좋은 보컬로이드나 보컬 AI 튠을 개발한.

하지만 이건……?

'너무 좋잖아?'

그런 노래들이 있다.

길거리에서 딱 듣는 순간 제목이 궁금한 노래.

광고에서 5초 가량 들었는데, 기어코 제목을 찾게 되는 노래.

딱 그거다.

게다가 이 목소리는 뭐란 말인가?

제이미가 가만히 눈을 감았다.

지금 사운드 팩트의 청취자들에게는 재미있는 퀴즈 놀이가 제공되어 있다.

퀘스천 가이, 퀸즈 갬빗, 퀄리티 게임······.

뭐라고 불러야 할지 모르겠는 이 남자가 어떤 식으로 생겼을지를 추측하는 퀴즈였다.

눈을 감자마자 떠오르는 건 스페니쉬 특유의 활기찬 느낌을 가진, 구릿빛 피부의 남자였다.

'못생겼다고 했지?'

하지만 일반인의 못생김과 셀럽의 못생김의 기준은 다르다.

게다가 본인 입으로는 못생겼다고 했지만, 로니와 보니의 반응이 좀 애매했다.

지난 5년간 사운드 팩트를 청취해 온 애청자로서 느낄 수 있다.

로니와 보니가 보기에는 별로 안 못생겼을 거다.

'근데 스페니쉬가 아니면?'

스페인 토박이라고 보기에는 영어가 너무 캘리 쪽이다.

목소리가 어리게 들리는 걸 보면, 해변에서 신나게 뛰어노는 캘리 보이도 떠오른다.

[내 헤일로는 정복감

인코스테가 별명쯤]

게다가 단어 사용이 너무 영미권이다.

다만 좀 배운 느낌은 있다.

인코스테면 알렉산더 대왕의 별명인데, 스페인어 화자가 그런 단어를 쓰는 걸 본 적이 없다.

'아닌가? 현실에서는 미국인도 안 쓰나?'

제이미가 그런 생각을 하는 중 노래가 점점 전개되었다.

셀피시.

평생토록 이기적으로 살아온 남자가 한 여자에게 허우적거리는 스토리다.

노래가 진행될수록 제이미의 머릿속에서 떠오르는 이미지가 좀 더 견고해졌다.

영국의 폭력적인 갱스터의 느낌에 젠틀한 마피아 수트

정도?

 세상을 바라보는 눈은 냉소적이지만, 한 여자를 볼 때만큼은 혼란스러운?

 본인이 혼란스럽다는 게 가장 크게 혼란하게 다가오는.

 "……내가 뭐 하는 거지?"

 그렇게 제이미가 노래에 빠져서 허우적거리고 있는데, 마침내 노래가 끝났다.

 아니, 마침내는 아닌 것 같다.

 처음부터 다시 듣고 싶으니까.

 라이브를 보고 싶다.

 [내가 본 최고의 라이브 무대였어.]

 보니의 말에 제이미가 화들짝 놀랐다.

 그러고 보니까 기타와 노래가 라이브라고 했다.

 그것도 사운드 팩트 특유의 보정이 거의 없는 이펙트로.

 제이미는 뒤늦게 떠오른 생각에 사운드 팩트 관련 커뮤니티에 접속했다.

 난리가 나 있었다.

 레딧에도 가 보니, 사운드 팩트 관련 레딧 글이 활활 불타고 있었다.

-누구야? QG?

-(사진) 최근 5년간 컬러스 미디어가 계약했다고 알려진 신인 목록이야. 이 중 있지 않겠어?

-위에 다섯 명은 빼도 되겠다. 절대 이렇게 기타 못 쳐.

-최근 2년을 넘은 목록도 거의 다 빼도 되겠는걸? 작곡을 하는 사람이 없어.

-나 왜 이 노래를 어디서 들어 본 것만 같지?

-착각이야. 빌보드에 이런 곡이 발매됐다면 우리가 몰랐을 리가 없어.

-묻혔을 수도 있지.

-가능성이 0은 아니지만, 0.1 정도 되지 않겠어? 컬러스 미디어 사이즈의 에이전시가 붙어 있는데, 이런 수준의 노래가 묻힐 수가 있나?

-맞는 이야기야. 에이전시가 없다면 모르겠는데, 컬러스 미디어는 이 정도 곡이라면 반드시 띄웠을 거야.

사람들이 불타오르자, 사운드 팩트를 듣지 않고 있던 이들도 부랴부랴 팟캐스트를 귀에 꽂았다.

그 사이, 보니와 로니는 할 말을 잃고 있었다.

[그래서? 단점 좀 이야기 해 줘 봐. 더 나은 뮤지션이

되고 싶어서 나온 거니까.]

  누가 들어도 자신만만한 목소리로 QG가 밀어붙이고 있었으니까.

* * *

  로니와 보니의 장점은 솔직하고 쿨하다는 것이었다.
  때론 그 솔직함과 쿨함이 지나쳐서 미움을 사기도 하지만, 이들은 음악에 있어서는 절대 거짓말을 하지 않는다.
  그들은 한동안 침묵하고 당황했지만, 이내 인정했다.
  "없어."
  웃음기를 참고 되물었다.
  "없다고?"
  "그래 없어!"
  "세상에 단점이 없는 뮤지션이 어딨어?"
  "취향의 영역에서는 단점이 있겠지. 음색만 해도 누군가에게는 천상의 음색이고, 또 누군가에게는 앵앵거리는 소리이니까."
  "음색?"
  맞는 말이긴 하지만, 내 음색의 튜닝 방향은 절대다수의 리스너를 포용하기 위한 노력이다.

진짜 땅으로 꺼질 듯한 동굴 소리를 좋아하는 리스너가 아니라면, 내 음색에 불호를 느끼긴 힘들다.

설령 호까지는 못가더라도 무난하게는 들어 준다는 이야기였다.

그런 내 마음을 읽었는지 보니가 한숨을 푹 쉬었다.

"그 표정, 재수 없다."

"와우. 어쩌면 우리가 좀 친해진 거 같아. 내 친구들이 많이 하는 말이거든."

"친구들을 위해 기도를 올리는 시간을 가질까?"

로니의 뜬금없는 말에 세 사람의 웃음이 터져 버렸다.

한바탕 웃고는 보니가 정리했다.

"정말 없어. 젠장. 한 곡뿐이긴 하지만 곡을 들으며 평가가 안 된 건 오랜만이었어."

"너무 좋아서 정신을 잃었어."

"이게 빌보드에 발매가 됐어? 그럼 당연히 차트 인인데."

"음……."

좀 애매한 이야기다.

드롭 아웃이 빌보드의 마이너 중의 마이너 차트의 말석에 올리긴 했었다.

그걸로 어뷰징 기사 엄청 냈었는데.

빌보드 글로벌 차트였나?

지금은 글로벌 차트가 없지 않나?

아무튼 어딘가에 올렸었는데, 그게 빌보드에 올라갔다고 보긴 좀 힘들다.

하지만 지금은 이렇게 말하는 게 재밌겠지?

"기억은 잘 안 나는데, 빌보드의 마이너 차트에 오르긴 했을 거야."

좀 더 자극적으로 말하면 더 재밌겠지만, 그럼 드롭 아웃을 비하하는 뉘앙스가 될 수도 있다.

뭐, 사실 지금도 아슬아슬하지.

그래도 내가 작곡가이기 때문에 수용 범위가 조금 더 넓고, 더블엠이 〈Twist〉를 발매하면서 알아서 기름칠을 미친 듯이 해 주기로 했다.

"〈Selfish〉란 곡이 너무 많아서 찾아볼 수도 없군."

핸드폰으로 곡을 검색했던 보니가 고개를 절레절레 지었고, 로니가 되물었다.

"본인의 곡이라며. 어떤 차트에 올랐는지도 왜 기억을 못해?"

"쓴 곡이 너무 많아서. 그런 의미에서 다음 곡을 들어보는 건 어때? 이번엔 연주 안 할 거야."

내 말에 보니와 로니가 애매한 표정을 지었다.

무슨 생각을 하는지 뻔히 보인다.

아마 두 사람은 〈Selfish〉가 내 인생곡이라고 생각하고 있을 거였다.

빌보드에는 원 히트 원더들이 정말 많다.

공전의 히트를 기록한 이후, 그럴 듯한 성과를 내지 못하는 작곡가가 수두룩 빽빽하다.

하지만 명백히 오해다.

셀피시는 내가 대부분의 삶에서 발매하는 곡이지만, 그게 내가 가진 최고의 곡이라서가 아니다.

솔로 가수로서 범용성이 넓은 곡이라서다.

GOTM 때는 발매를 안 하기도 했고.

"두 사람, 굉장히 무례한 표정을 짓는데?"

"우리 표정이 어땠는데."

"원 히트 원더일 게 뻔한 스페인 놈이 뭐라고 하는 거지. 이렇게 잘난 척을 해 놓고 다음 곡이 구리면 어떡하지?"

"그렇게까지는 생각 안 했는데."

"스페인 사람이야? 모국어가 영어라며?"

"사실 프랑스 사람이야."

"……?"

대화가 산으로 가는 것 같지만, 이조차도 의도한 바다.

그 뒤로 우리는 쓸데없는 몇 마디를 나누다가 노래를 재생했다.

이번에는 정말 기타도 안 치고, 노래도 안 부르고, 얌

전히 보니와 로니를 구경하며 노래를 듣기만 했다.

지금 재생되는 곡은 세달백일의 본격적인 시작을 알렸던 곡이었다.

바로, 〈Resume〉.

베드룸 팝인 레주메는 현재 미국에서 가장 잘 먹힐 만한 곡일 것이다.

아니, 굳이 따지자면 앞으로 잘 먹힐 곡이란 표현이 더 맞는 것 같다.

사실 2016-2017년은 체인스모커스 같은 가수를 필두로 한 퓨처 베이스가 빌보드에서 가장 잘 팔리는 장르였다.

생명력 자체는 짧아서 오래 회자되진 않지만, 현시점에는 가장 트렌디하다는 뜻이었다.

하지만 개인적으로는 퓨처 베이스가 메인으로 사용되는 음악을 별로 좋아하지 않는다.

들을 땐 신나긴 하는데 남는 게 별로 없어서.

이건 장르를 폄하하는 게 아니라, 경험으로 하는 말이다.

퓨처 베이스의 시대가 저물고 떠오르는 장르 중 가장 오랜 시간 사랑받는 장르가 베드룸 팝이었다.

슬슬 붐이 일어나고 있기도 하고.

하지만 그렇다고 레주메의 원곡 버전을 틀진 않았다.

벌써 한국인인 게 티나면 안 되니까.

"불어?"

"Yes."

이번 노래는 프랑스어 버전이다.

내가 네이티브 수준으로 구사하는 언어는 한국어, 영어, 독일어, 스페인어, 일본어, 중국어다.

하지만 읽고 쓰는 정도는 프랑스어나 이탈리아어도 가능하다.

그래서 레주메의 트랙에 불어를 입힌 걸 만들어 두었다.

혼자 부른 것도 아니다.

세달백일 멤버들과 함께 불렀다.

나 혼자 부르면 곡의 퀄리티야 더 좋겠지만, 멤버들이 서운할 수도 있지 않겠는가?

이 사실 관계가 뜻하는 바는 간단하다.

난 언제라도 사운드 팩트에 출연할 거라는 계획을 세우고 있다는 것이었다.

이 쇼는 메인스트림에서 생각하는 것보다 더 파급력이 높다.

특히 나처럼 유색 인종이라든지, 케이팝 가수 같은 비주류라면 더더욱.

⟨Resume⟩가 진행되면서 보니와 로니의 표정은 극단적으로 갈렸다.

보니는 좋아 죽으려고 하고, 로니는 좀 애매하다.

이 역시 알고 있다.

보니는 사이키델릭한 사운드를 좋아하고, 로니는 정직한 사운드를 좋아한다.

내가 알기로 보니가 제일 좋아하는 장르는 누군가에게는 쓰레기로 여겨지는 하이퍼팝이고, 반대로 로니가 제일 좋아하는 장르는 누군가에게는 자장가로 여겨지는 프로그레시브 록이다.

노래가 끝나자마자 보니가 열광적으로 박수를 쳤다.

"말도 안 돼. 내가 들은 베드룸 팝 중에 가장 수준이 높아. 이건 누가 부른 거야? 프랑스에 베드룸 팝의 선구자들이 있나?"

"프랑스는 디깅 범위에 없는 거야?"

"아무래도 영미권을 벗어날 때는 특정 이슈 때문에 듣지. 내 디깅 범위는 캐나다까지야. 공동 작곡이야? 단독 작곡?"

"작편곡을 내가 다 했어."

"넌 천재야?"

"그럴지도."

"……젠장."

"왜 욕을 하고 그래?"

"내가 너무 팬보이 같다는 생각이 들었는데 멈출 수가

없어서."

 보니의 환호가 끝이 나자, 로니는 베드룸 팝이란 장르가 가지고 있는 부분을 신랄하게 비판했다.

 "난 베드룸 팝이 DIY나 셀프 프로듀싱의 가치 때문에 과대평가됐다고 보는 사람이야. 코드 진행이 너무 단순해."

 "하지만 지루하진 않잖아?"

 "지루하진 않지. 하지만 유니크하지도 않아. 막말로 이 곡을 유니크하게 만든 건 프로덕션이 아니라, 가수들의 목소리야. 이 곡은 멜로디 측면에서는 만점을 줄 수 있겠지만, 사운드 측면에서는 부족해."

 로니의 말에 어깨를 으쓱했다.

 무슨 말인지 안다.

 베드룸 팝이란 장르가 원래 그렇다.

 사실 몇몇 음악 장르들은 태생적인 한계를 가지고 태어난다.

 리듬을 멜로디보다 중시하는 랩 음악은 멜로디 신봉자들에게는 쓰레기다.

 또한 화성학에 기초해서 보자면 대부분의 랩은 불협화음이다.

 그러나 랩은 디제이 쿨허크가 장르를 만들어 낸 시점부터 원래부터 그렇게 생겨 먹은 음악이다.

그건 맞는 것도 아니고, 틀린 것도 아니다.

베드룸 팝도 마찬가지고, 로니의 비판은 맞지도 않고 틀리지도 않다.

그냥 취향 차이다.

이 모든 사실을 알고 있는 내가 왜 〈Resume〉를 들려줬냐고?

로니와 보니가 싸우길 원했거든.

아니나 다를까 팬보이처럼 굴던 보니가 진짜 팬보이가 됐다.

무슨 말이냐면······.

"말도 안 되는 소리 하지 마. 그래서 이 정도 수준으로 사운드를 쌓은 베드룸 팝이 이 세상에 어디 있는데?"

날 쉴드 치기 시작했다는 것이었다.

좀 다른 이야기지만 난 아직도 '쉴드를 치다'라는 표현이 웃기다.

한국어는 참 재미있다.

그렇게 로니와 보니가 싸우기 시작하자, 모니터링 모니터를 통해 청취자들이 환호하는 게 보인다.

청취자들은 두 사람이 싸우는 걸 참 좋아한다.

이유는 모르겠는데, 그냥 그런다.

하지만 로니와 보니가 대놓고 싸우는 경우는 드문데, 그건 정말 극렬하게 한쪽 취향을 만족시키는 음악이어야 하기 때문이었다.

〈Resume〉가 그저 그런 베드룸 팝이었다면, 아마 보니는 '난 이 장르가 좋아. 하지만 모두를 만족시키긴 부족해' 정도로 끝났을 것이었다.

"반 고흐를 롤 모델로 삼지 그래?"

"뭐?"

"귀를 떼 버리라고."

"고흐가 귀를 잘랐다는 건 스토리텔링이 가미된 신화야. 실제로는 귓불만 잘랐다고."

"그걸 누가 알아?"

결국 두 사람의 싸움이 유치한 지경에 다다랐을 때쯤, 난 다음 플랜을 제시하기 위해 입을 열었다.

"좋아. 팻트와 매트. 우리 대화의 국면을 바꿔 보자고."

"뭐?"

"일단 다음 노래를 들어."

"왜?"

"듣고 나서 두 곡에 대한 이야기를 한 번에 하자고."

"……?"

"……?"

과몰입 해 있던 두 사람이지만, 말다툼이 너무 길었다는 걸 인지했는지 곧장 다음 노래를 틀었다.

이번엔 로니의 눈이 커지고, 보니의 눈이 가늘어진다.

왜냐하면, 이번 곡은 프로그레시브 록이니까.

한시온이란 캐릭터를 대중들 앞에 처음으로 각인시킨 곡이다.

〈가로등 아래서〉.

물론 이 노래가 정통 프로그레시브 록까지는 아니다.

오히려 포스트 프로그레시브 록에 가깝다고 해야 할 것 같다.

대중들이 좋아하게 만든 구석이 많으니까.

그럼에도 불구하고 차곡차곡 쌓여 가는 멜로디가 하이라이트 부분에 폭발한 다음에, 다시 언제 그랬냐는 듯이 흩어지는 구성은 일치한다.

게다가 뭐, 내가 리믹스한 버전인데.

로니의 취향 정도는 저격할 수 있다.

그렇게 가로등 아래서가 끝나고 이번엔 두 사람의 갈등이 반대로 이어졌다.

"이 노래가 더 좋다고?"

"당연한 거 아니야? 프로덕션에 들어간 힘이 달라."

"그렇게 따지면 이 세상에서 가장 위대한 가수는 마돈나겠네?"

"마이클 잭슨이지."

심플하고 따뜻한 베드룸 팝과 복잡하고 장엄한 프로그레시브 록의 싸움에 정답이 어디 있겠는가.

그냥 싸우는 거다.

그렇게 신나게 싸우는 두 사람을 흐뭇하게 보고 있으니, 점점 싸움이 잦아들었다.

"……젠장."

"……게스트가 기뻐하는 게 너무 기분 나빠."

내가 너무 어린애 싸움 보듯이 흐뭇하게 보고 있었나보다.

뒤늦게 정신을 차린 보니와 로니가 곡에 대한 설명을 보태고는, 장단점을 설명했다.

그리고는 나에게 물었다.

"이 언어는 뭐야?"

"태국어."

"웃기지마. 태국어는 이런 식이 아니야. 그렇다고 일본어도 아니고."

"아, 인도어였나?"

"알려줄 마음이 없나 보네. 괜히 퀘스천 가이가 아니군."

"정말 이 두 곡을 전부 네가 전부 작편곡 했다고?"

"노노. 이번 노래는 작곡은 내가 한 게 아니야. 리믹스 버전으로 편곡만 한 거지."

"QG. 정말 이상하네."

"뭐가?"

"영어, 불어, 그리고 알 수 없는 아시아 언어. 이런 모든 국가와 링크되어 있으면서, 빌보드 차트에도 오른 적이 있는데 왜 우리가 널 모르지?"

"특히 〈Selfish〉란 곡은 발매가 됐으면 인기가 없을 수가 없는데?"

그러나 난 대답 대신 어깨만 으쓱했다.

이제 슬슬 힌트를 줄 시간이긴 하다.

"다음 노래에는 힌트가 있을걸? 내가 누군지."

"거짓말 아니고?"

"아냐. 정말이야."

실제로도 이 노래를 들으면 내 정체를 알아차리는 사람이 있을지도 모른다.

\* \* \*

제이미는 이제는 완전히 일손을 놔 버리고 의자에 가만히 앉아서 팟캐스트를 듣고 있었다.

원래 라디오나 팟캐스트는 일상과 함께하는 게 가장 큰 장점이다.

일을 하면서 듣기 좋기 때문이었다.

하지만 가만히 듣고 있으니, 호기심이 사무쳐서 일이 손에 잡히지 않는다.

무슨 스핑크스가 내어 주는 퀴즈를 푸는 기분이다.
게다가 제이미는 한 가지 정보를 알고 있었다.
'한국어였어.'
프로그레시브 록의 가사는 분명 한국어였다.
중간중간 영어가 들어가 있지만, 메인 가사는 한국어라는 말.
한데 QG는 이게 한국어라는 걸 밝히지 않았다.
태국어, 인도어 따위로 장난을 치다가 화제를 돌렸다.
물론 단순한 장난일 수도 있다.
하지만 자신의 정체를 숨기기 위해서 의도적으로 장난을 쳤다면?
그렇다면 QG는 한국과 밀접한 관계가 있는 작곡가일 것이었다.
'아니 근데…….'
그렇다면 누가 들어도 네이티브인 스페인어와 서부 영어는 뭘까?
그렇게 생각하니까 또 헷갈린다.
제이미가 그런 생각을 하는 순간, 신나게 떠들던 호스트와 게스트가 노래를 틀었다.
오늘 방송은 전체적으로 텐션이 굉장히 높은데, 호스트들이 진심으로 방송에 임하는 게 느껴지기 때문이었다.
로니와 보니도 QG의 정체에 대해서 궁금해하며, 그의

음악 세계를 탐구하고 싶어 한다.

 좀 웃긴 건, 어느 순간부터는 단점을 지적하는 게 없어졌다는 것이었다.

 베드룸 팝이나 프로그레시브 록의 장단점에 대해 말하긴 했으나, 그건 사운드의 장단점이 아니었다.

 장르의 장단점이었지.

 그런 생각을 하던 제이미가 퍼뜩 놀라서 고개를 들었다.

 '이거……'

 지금 이어폰에서 흘러나오는 노래가 너무 익숙하다.

 아니나 다를까, 레딧과 포럼에서도 깜짝 놀란 반응이 대부분이다.

 가수는 모르겠지만, 요즘 숏폼 콘텐츠에서 엄청난 인기를 구가하고 있는 〈DROP〉이란 곡이었으니까.

\* \* \*


 지금은 〈사운드 팩트〉란 팟캐스트에 별 관심이 없지만, 미국에서 막 활동을 시작하던 회귀 초창기에는 이 팟캐스트가 나한테 교과서였다.

 하루 이틀 공부해서는 알 수 없는 미국 대중음악의 역사와 그들이 가진 감성.

매니아와 대중이 가진 괴리감.

둘을 모두 만족시키는 곡들이 가진 공통점.

이런 것들을 상세하게 들을 수 있는 유일한(신뢰감이 있다는 전제하에) 소통 창구였기 때문이었다.

그러다 보니 내가 곡을 냈을 때, 보니와 로니가 어떤 식으로 받아들이는지에 꽤 몰두했던 시절도 있었다.

아마 이 세상에서 나보다 많은 회차의 사운드 팩트 팟 캐스트를 청취한 사람은 없을 것이었다.

미국에서 활동을 시작하고 적어도 5~6회차 쯤은 꾸준히 들었던 것 같으니까.

그 뒤로도 생각나면 종종 들었고.

그러나 그렇게 많이 사운드 팩트를 듣고, 유튜브에 업로드된 동영상을 봤음에도.

"……"

"……"

지금처럼 보니와 로니가 할 말을 잃는 모습은 본 적이 없었다.

이들은 할 말이 너무 많아서 자제하는 게 힘든 사람들이었으니까.

좀 재미있긴 하지만, 컨셉은 지켜야겠지.

지금 내 컨셉은 자신만만하고, 약간은 오만한 천재다.

아니, 컨셉이 아닌가?

"왜 그래? 너무 좋아서 할 말을 잃은 거야?"

"……어."

"음……."

한동안 고장 나 있던 둘 중, 먼저 입을 연 사람은 로니였다.

"이게 네가 만든 곡이라고?"

"맞아."

"일단, 영어 버전이 있었네? 원곡은 외국어와 영어가 섞여 있었는데."

"원곡을 들어 봤어?"

내 질문에 로니가 고개를 끄덕였다.

"당연히 들어 봤지."

드롭은 미국에서 큰 인기를 끌었다.

〈Stage Side B〉 앨범의 글로벌 버전을 발매하려는 것도, 드롭의 인기가 상상 이상이었으니까.

오히려 한국에서보다 더하다.

한국에서는 몇 주 정도 화제를 불러일으키다가 우리의 정규 2집 앨범 〈STAGE〉의 발매에 맞춰서 잠잠해졌으니까.

그러다 보니 꽤 여러 미국의 에이전시에서 〈DROP〉의 단독 작곡가인 나에게 연락을 취해 왔고, 정식으로 리믹스 요청을 보낸 곳도 있었다.

심지어 표절 곡을 만들어서 공연을 한 DJ도 몇몇 발견해 조치를 취하는 중이다.

물론 이런 인기가 최재성이나 세달백일로 연결이 되진 않았다.

곡이 뜬다고 반드시 가수가 유명인이 되는 건 아니다.

정말 많이 들어 본 곡의 가수를 모르는 경우도 허다하지 않은가?

특히 〈DROP〉의 경우에는 팡 터지는 후렴의 일부분이 발췌돼서 쓰이는 것이기에, DJ의 일렉트로닉 믹스로 아는 사람도 많다.

다만 보니와 로니는 음악으로 먹고 사는 사람들이기에 원곡을 찾아 들은 모양이었다.

"가수가 영어 버전을 녹음했다기에 받아 왔어. 믹싱을 좀 급하게 해서 살짝 아쉬운 감은 있지."

"원곡은 일본어랑 영어가 섞여 있지 않았나?"

"한국어였어."

"아. 그랬지."

보니와 로니가 대화 끝에 보내는 눈빛을 보아하니, 내가 한국인이 아닐까 추측 중인 것 같다.

하지만 난 어깨를 으쓱했다.

"왜 이래? 우리 사운드에 대한 이야기만 하자고. 그게 사운드 팩트의 룰 아니었어? 언제부터 가수에게 관심을 갖는 팬보이가 된 거야?"

 틀린 말은 아니지만, 이들도 사람인 이상 이쯤 되면 궁금하지 않을 리가 없다.

 하지만, 내가 알려 줄 리도 없다.

 아직은 아니다.

 "……."

 한동안 내적 갈등을 느끼던 보니와 로니가 결국은 입을 열었다.

 "좋아. 사운드에 대한 이야기를 해 보자고. 이 곡은 어쩌다가 작곡한 거야?"

 "그냥. 이 노래의 주인을 보고 영감을 받았지."

 "주인? 가수?"

 "맞아."

 "어떤 영감을 받았는데?"

 최재성을 보고 어떤 영감을 받았냐고?

 최재성에게 말한 적은 없지만, 원래 〈STAGE SIDE B〉는 미디움 템포의 록 앨범으로 만들 생각이었다.

 전부다 계획이 되어 있었다.

 〈STAGE〉라는 우리의 정규 앨범을 3개로 쪼개는 것도, 최재성의 솔로 유닛 앨범을 발매하는 것도.

 스테이지 넘버 제로에서 증명한 이후, 사람들이 최재성의 솔로 앨범에 대한 기대감이 있는 것 같아서.

뭐, 인터넷 반응도 한몫하긴 했다.

분명 스넘제에서 증명했음에도 사람들이 습관처럼 최재성을 쩌리 멤버로 취급하는 게 거슬려서.

그래서 최재성에게 어울리는 미디움 템포의 록 앨범을 막 만들기 시작했는데, 재밌는 일이 발생했다.

최재성이 드럼과 베이스 라인만 듣고 신난다며 춤을 춘 것이었다.

드럼과 베이스가 자기 취향이라며, 스텝을 밟는 걸 봤는데 그때 영감이 꽂혔다.

템포, 드럼, 베이스는 그대로 유지하되 좀 더 끈적한 사운드를 얹어 보자고.

그렇게 나온 게 〈DROP〉이다.

사운드는 끈적한데 리듬은 경쾌한 뉴 잭 스윙.

거기에 요즘 미국에서 유행하는 퓨처 베이스의 신스 활용과 비슷한 신스 팝.

아니, 생각해 보니 비슷하진 않다.

내 신스 활용도가 몇 수는 위에 있으니까.

"미디움 템포의 록을 만들고 있었는데, 가수가 드럼과 베이스를 듣고 춤을 추더라고."

"춤?"

"어. 약간 이런 춤이었어."

일어나서 가볍게 스텝을 밟아 줬다.

팟캐스트는 보이지 않지만, 유투브에 올라가는 영상에는 보일 거니까.

"춤 좀 추는데?"

"마드리드는 축제의 도시니까. 거기서 흥을 배웠지."

"마드리드에서 나고 자랐어?"

"그런 건 아닌데, 공연 때문에 많이 갔지."

"많이 갔다고?"

그럼. 내가 지금까지 몇 번의 월드 투어를 돌았는데. 아마 마드리드 공연만 50번은 될 거다.

얼굴이 괴상하게 변한 보니가 한숨을 푹 내쉬고는 손짓했다.

계속하라는 거 같다.

"아무튼 그 춤을 보고 딱 꽂혔어. 아, 뉴 잭 스윙을 베이스로 신스를 활용하면 저 춤에 잘 어울리겠구나."

"정말로?"

"그럼?"

"작정하고 빌보드를 노린 게 아니라고?"

"이 곡이?"

"아니, 그렇잖아. 최근 유행하는 퓨처 베이스식 신스 활용에, 댄스 홀의 근간인 뉴 잭 스윙을 꽂아 넣었잖아."

"게다가 DJ들이 리믹스하기 좋게 메인 멜로디가 협소하고, 후렴에서는 붐!"

……그러네?

최재성을 위해 만든 곡이라 생각을 안 해 봤는데, 두 사람의 말이 틀리지가 않다.

아 물론 틀린 건 있다.

"요즘 유행하는 신스 활용이 아니야. 내가 몇 수는 앞서 있지."

"틀린 말이 아니긴 하지. 근데 난 이 메인 멜로디의 전개가 마음에 안 들어."

"왜?"

"이야기를 듣고 보니 이해했는데, 원래 록으로 만들려고 세팅한 드럼과 베이스에 멜로디를 올린 거잖아? 그래서 그런지 아쉬워."

"아, 더 좋은 멜로디를 찾을 수 있었을 것 같다?"

"약간? 지금이 90점이면, 분명 100점짜리가 있었을 거야."

무슨 말인지 안다.

틀린 말도 아니고.

"이런 거?"

그래서 기타를 쳐 줬다.

몇 번 치니 로니와 보니의 눈이 휘둥그레졌다.

"맞아! 이게 백 점이야!"

"이백 점도 들려줄까?"

"뭐?"
"취향을 좀 탈 수 있는데, 너희 둘은 반드시 좋아할걸?"
"해 봐."
"이건 일렉으로 쳐야 하는 거긴 한데, 상상해 봐."

블루스 베이스에 이모 힙합 느낌의 멜로디를 쳐 줬다.

누누이 말하지만 이모 힙합은 힙합의 후손이 아니라, 포스트 록의 후손이다.

그 블루지한 느낌이 눅눅한 힙합에 잘 어울려서 힙합에서 많이 가져다 쓸 뿐이다.

근데 이걸 신스 팝에 얹으면 기가 막히지.

그렇게 연주를 하면서 설명을 보태 줬다.

"1평도 안 되는 좁은 곳에 일렉 기타 소리가 꽉 차는 식으로 믹싱을 해야 해. 그렇다고 촌스럽게 리버브 때려 넣겠다는 소리는 아니고."

연주가 끝나자 보니와 로니가 흥분한다.

"이건 천 점이잖아?!"
"대체 왜 이 멜로디를 안 넣은 거야? 혹시 발매하고 영감이 온 거야?"
"아냐. 만들면서 떠올렸어."
"근데 왜?"

음, 일단은 최재성이랑 안 어울린다.

게다가 이러면 유닛 앨범의 성질이 없어진다.

어디까지나 유닛 앨범들은 세 개를 합쳤을 때, 〈STAGE〉가 들리도록 만들어야 하니까.

"곡 3개를 합쳐서 들으면, 한 곡으로 들리는 프로젝트였어."

"……뭐라고?"

"Side A, B, C를 합쳐서 들으면, 정규 앨범이 들리는 식의 작업이었다고."

"누, 누가 대체 그런 미친 짓을 해? 아니 그게 가능은 해?"

"가능하던데?"

"잠깐만, 그럼 이 〈DROP〉이란 노래가 사이드 앨범 수록 곡이란 소리야?"

"그렇지."

"그럼 정규 앨범은 뭔데? 아니, 다른 사이드 앨범은 뭔데?"

"안 알려 줘."

"왜!"

"홍보하러 나온 거 아니거든."

거짓말이다.

어차피 이 정도 말했으면, 사운드 팩트의 수십, 수백만 청취자들이 알아서 찾아낼 거다.

개중에는 한국인 유학생도 있을 거고, 이미 내 정체를

알아 버린 사람도 있을 거니까.

 그러니 여기서 구구절절 떠드는 건 손해다.

 말을 하면 마케팅이 되지만, 기다리면 알아서 콘텐츠가 확산될 거니까.

 이 팟캐스트를 듣고 있는 컬러스 미디어의 직원들이 소리를 지르고 있을지도 모르겠다.

 유닛 앨범 3장과 2집 앨범의 홍보를 내가 다 해 주고 있으니까.

 반대로 HR 코퍼레이션은 아까워서 소리를 지르고 있을지도 모르겠네.

 괜히 내줬다고.

 그런 생각을 하고 있을 때, 보니와 로니의 인내심이 드디어 끝이 났다.

"젠장! 그냥 말해! 네가 누군지."

"사운드 팩트는……."

"이 병신 같은 쇼의 규칙은 바뀌었어. 이제 난 네가 뭐 하는 사람인지 알아야겠어."

"보니, 그리고 로니. 얼마 전에 너희 쇼에 헤일리가 나왔었지?"

 헤일리는 여성 알앤비 가수다.

 개인적으로는 별로 안 좋아한다.

 지나치게 거만해서.

앨범도 별로 못 팔면서 월드 클래스인 척한다.

"나왔었지."

"그때 헤일리가 자신의 생애에 대해서 이야기하려고 했을 때, 네가 그랬잖아?"

"……."

"네 스토리는 팬보이들한테나 말하라고."

"FUCK. 난 이제 네 팬보이야. 그러니 말해 줘. 제발 국적부터 좀 알려 줘. 미국이야? 스페인이야?"

"난 네가 몇 살인지가 궁금해서 미칠 것 같아."

두 사람의 질문에 씩 웃었다.

"마지막 곡을 듣고 나면 말해 주지."

영어 버전의 〈Selfish〉.

프랑스어 버전의 〈Resume〉.

〈가로등 아래서〉.

〈DROP〉.

지금까지 총 4곡을 틀었고, 이제 남은 건 하나뿐이다.

원래 들려주려던 곡은 정규 2집 앨범 〈STAGE〉의 타이틀 곡이었던 〈STAGE〉였다.

하지만 대기석에 앉아서 1부를 들으면서 고민을 좀 했고, 2부에 출연해서는 생각이 바뀌었다.

여기서 들려줄 곡은 딱 하나다.

이게 이 팟캐스트의 화제성을 가장 크게 부풀려 줄 것

이며, 결국은 우리의 앨범은 〈STAGE〉에도 낙수 효과가 올 것이었다.

"잠깐, USB 말고 내 스마트폰에 있는 걸로 틀자."

"왜?"

"원래 들려주려던 거 말고, 다른 걸 들려주고 싶어졌거든."

그렇게 내 핸드폰을 넘어갔고, 곡이 재생되었다.

인트로가 3초 정도 들렸는데, 보니와 로니가 귀신이라도 본 것처럼 고개를 팩 돌려 날 쳐다보았다.

그랬다.

내가 지금 들려주는 곡은, 그들이 1부에서 다뤘던 〈Players〉였다.

[이 곡에서 아쉬운 건 딱 두 개야.]
[첫째로, 믹싱이 구려.]
[이건 원곡의 감칠맛을 더 살렸어야 했어.]

HR 코퍼레이션이 후작업한 게 아닌, 원곡 버전.

\* \* \*

늘 그런 건 아니지만, 보통의 사운드 팩트는 3부 구성으로 팟캐스트를 진행한다.

1부는 최근 1주(혹은 1달) 안에 나온 신곡과 신보들의 리뷰 겸 잡담.

잡담이 포함된 이유는 늘 화제로 삼을 만한 노래가 나오는 건 아니기 때문이었다.

물론 미국 음반 시장에는 하루에도 몇백 곡, 몇천 곡이 쏟아지지만 그럼에도 불구하고 기근의 시간들이 있다.

곡은 많이 나오지만 마땅히 이야기할 게 없는 타이밍들.

그럴 때면 5년 차 쇼 진행자인 보니와 로니가 몇몇 주제들을 가져와서 잡담을 진행하는데, 이게 꽤 재밌다.

그러니 사운드 팩트 팟캐스트가 오랫동안 인기를 유지하는 거기도 하고.

다음으로 진행되는 2부는 보통 초대석이었다.

초대석이라고 꼭 인물이 출연하는 건 아니다.

돈을 받고 특정 앨범이나 가수를 리뷰할 때도 '어떤 회사의 돈을 초대해 왔어.'라고 말을 하니까.

당장 오늘의 방송만 해도 퀘스천 가이가 출연하지 않았어도, 〈컬러스 미디어 달러의 초대석〉이란 타이틀이 걸렸을 것이었다.

그리고 마지막 3부는 곡 추천 겸 소통이었다.

로니와 보니는 평소에도 엄청나게 많은 곡을 듣는데,

그걸 전부 방송에서 다룰 수는 없었다.

그렇기 때문에 3부에서는 그들이 좋아하는 곡을 추천하면서 1부와 2부에서는 거의 하지 않던 소통을 하는 것이었다.

로니, 보니의 추천 곡은 누군가에게는 흥미롭고, 누군가에게는 악명이 자자하다.

왜냐하면 이건 100% 그들의 취향으로 추천하는 곡이기 때문이었다.

아무도 보지 않았을 것 같은 이탈리아 독립 영화의 샹송을 추천하기도 하고, 이딴 걸 왜 앨범에 넣었나 싶은 무명 밴드 기타리스트의 7분짜리 기타 솔로를 추천한 적도 있으니까.

물론 보니와 로니가 추천했다는 건 퀄리티 자체는 보장이 된 것이었다.

하지만 3부에서만큼은 대중성을 전혀 고려하지 않기 때문에, 정말 이상한 곡을 추천하는 경우도 많았다.

심지어 로니의 추천 곡을 듣고 보니가 욕을 하고, 보니의 추천 곡을 듣고 로니가 방송에서 탈주하는 경우도 있을 정도로.

그럼에도 불구하고 보니와 로니는 3부를 가장 좋아했는데, 이건 오타쿠 특유의 감성 때문이었다.

자신들이 좋아하는 서브 컬처를 수만 명의 대중들에게

소개할 수 있다?

이걸 참을 수 있을 리가 없었다.

그래서 1부와 2부를 진행하며 지쳐 가던 로니와 보니가 3부가 시작되면 스팀팩에 맞은 것처럼 쌩쌩해지는 것도 팟캐스트의 한 포인트였다.

그런 의미에서.

결단코.

3부가 시작되고 보니와 로니가 이렇게 조용한 적은 없었다.

"……."

"……."

2부와 3부의 인터루드를 맡은 곡의 송출이 끝난 이후에도 두 사람은 입을 다물고 있었으니까.

1부와 2부에서는 거의 보지 않았던 청취자들의 반응이 화끈하다.

-QGQGQGQGQGQGQG!!!
-WHO IS THE QG!!!!
-너희만 알고 있지 말고 입을 열란 말이야!
-우리는 보니와 로니 같은 너드 말고 캘리 가이가 보고 싶다!
-아예 QG에게 쇼 진행을 맡기는 건 어때?

-마드리드 가이, 왠지 귀엽게 생겼을 것 같아 :)

다들 퀘스천 가이의 속임수에 넘어간 게 틀림없었다.
누군가는 그를 억양 때문에 캘리 가이라고 부르고, 또 누군가는 그가 한 말 때문에 스페인 사람이라고 생각한다.
드물게 몇몇 반응 중에.

-난 한국인이고, 그의 정체를 알고 있어. 그는 한국인이야 lol

이런 채팅이 있긴 했지만, 수없이 쓸려 가는 채팅들 속에서 호응을 얻지는 못했다.

-He is Chinese!
-He is most talented Thai musicians :)

헛소리가 상당히 많았으니까.
채팅이 올라오는 속도가 평소가 비교할 수 없이 어마어마하다.
그만큼 QG의 전략이 먹혔다는 거고, 그의 음악이 좋았다는 거고, 사람들이 호기심을 느꼈다는 것이었다.

-Players의 곡 정보를 보니까 크리스 에드워드 곡인데? QG가 크리스 에드워드였다고?
-헛소리하지 마. 에드워드의 목소리도 아니고, 억양도 아니었어.
-노노. 크리스 에드워드는 편곡자야. 작곡가는 ZION이네.
-그래서 ZION이 누군데?
-어디서 들어 본 이름 같긴 한데?
-흔한 이름이니까. 주변에 자이온이라는 세례명을 쓰는 사람이 열 명은 될 것 같아.
-나도.

놀랍게도 그렇게 채팅창이 많이 올라오는 와중에도 보니와 로니는 여전히 별말이 없었다.
이쯤 되니 사람들이 방송 사고가 아닌가 의심할 때쯤, 희미한 목소리가 들렸다.
"FUCK."
욕이었다.
사람들은 볼 수 없겠지만, 두 손으로 얼굴을 감싸는 마른세수를 하고 있던 보니가 드디어 입을 연 것이었다.
"도망갔어."
보니의 말에 채팅창에 물음표가 남발된다.

헛소리 하지 말고 QG를 데려오라든가, 너만 알고 있는 정체를 빨리 실토하라는 채팅들이다.

그러자 로니가 버럭했다.

"이 머저리들아 QG가 도망갔다고! 분명 Players를 들으면 정체를 알려 준다고 했는데! 그랬는데!"

"비열하게 웃고는 화장실에 다녀온다더니 사라졌어!"

"그대로 도망갔다고!"

"말렸어야 했는데!"

"오줌 따위 좀 참으라고 했어야 하는데!"

로니와 보니는 방송을 위해 억지로 텐션을 올리는 식의 진행자들은 아니었다.

지금 그들이 느끼는 감정은 100% 리얼한 황당함과 분노였다.

대체 뭐 하는 사람인지가 너무 궁금하고, 이야기를 더 나누고 싶었는데 다짜고짜 탈주를 한 것이었으니까.

물론 방송이 끝나면 찾아볼 수는 있을 것이었다.

〈Players〉와 〈DROP〉이라는 확실한 키워드를 알아냈으니까.

그러나 원래 사람이 사무치게 궁금하면 단 몇 분을 참기 힘들지 않은가?

3부 방송을 진행하고, 방송 종료 이후 급한 유투브 편집을 하고, 찾아보려면 시간이 꽤 많이 걸릴 것이었다.

로니와 보니는 그 시간을 참기가 힘들었다.

"젠장……."

"기분이 안 좋아……."

그때, 보니가 좋은 아이디어를 떠올렸다.

어차피 지금 당장 QG에 대해서 알 수 없다면 아예 낱낱이 알아야겠다고.

"현상금을 걸겠어."

"뭐라는 거야, 보니?"

"생각해 봐. 우리가 방송을 끝내고, 유투브 편집을 하고, 급한 스케줄 몇 개를 소화하면 내일이 돼도 QG에 대해서 제대로 알지 못할 거야."

"그건 그렇지."

"그 시간에 현상금을 걸자고."

"어떻게?"

"다들 잘 들어. 지금부터 24시간 안에 QG에 대해서 가장 자세하고 상세한 정보를 제공하는 딱 한 사람에게 1,000달러를 주겠어."

채팅창으로 현상금이 너무 적다는 말이 나오자, 로니가 말을 보탰다.

"좋아. 그럼 시급으로 100달러를 계산해서 2,400달러로 하자고."

"그럴 바에는 3,000달러로 해."

"좋아."

3,000달러가 작은 돈은 아니지만, 또 엄청나게 큰돈도 아니긴 했다.

하지만 사운드 팩트 팟캐스트의 청취자들조차 방송이 끝나면(아니면 지금 방송을 들으면서) QG에 대해서 찾고 있었다.

그걸 정리해서 현상금을 타 낼 수 있다면 꽤 재미있는 놀이가 아니겠는가?

물론 이쯤 되니 보니와 로니도 어느 정도 방송인으로서의 계산이 서기도 했다.

그들은 사운드 팩트를 메인스트림 쇼로 만들겠다는 의지는 별로 없다.

그랬다면 진작 쇼의 컨셉을 대중 친화적으로 바꿨을 테니까.

하지만 그렇다고 충분히 화제가 될 수 있는 상황을 흘려 보내는 이들은 아니었다.

그 정도로 방송 감각이 없었다면, 매니악한 스타일로 여기까지 오지도 못했을 거니까.

'뭐가 됐든 화제가 되겠지.'

이런 생각도 있긴 했다.

물론 QG에 대해서 제대로 알고 싶은 진심이 더 컸지만.

"아, 현상금을 하나 더 걸자고."

"뭔데?"

"QG가 만든 곡 중에 진짜 존나 구린 곡이 있으면 제보해. 그걸 가지고 다시 개자식과 방송을 해야겠어."

"너답지 않은 좋은 아이디어야."

"QG가 만든 쓰레기 같은 곡을 가장 먼저 제보하는 사람에게 똑같은 현상금을 주겠어."

"젠장. 3부나 진행하자."

"3부는 추천 곡이야."

"내 추천 곡은……. 아까 들었던 Players의 원곡이야."

"WHAT?"

"아니, 아까 그 멜로디 활용 들었어? 미친 수준이던데."

"그렇긴 했지. 그래도 준비해 온 걸 하라고."

"젠장. 그래야겠지?"

그렇게 평소보다 훨씬 우당탕탕 진행되는 사운드 팩트 3부가 나아가기 시작했다.

\* \* \*

몇 년 전만 하더라도 사운드 팩트는 화제에 꽤 자주 오르는 쇼였다.

메인스트림의 가수를 비판하는 콘텐츠가 생각보다 별로 없다는 점에서 그랬다.

 물론 엄밀히 따지면 그런 식의 쇼는 많지만, 대중들에게 전파되는 경우는 거의 없다.

 보통은 인기가 없으니까.

 그러나 보니와 로니의 팟캐스트는 어마어마한 청취자를 거느렸음에도 비판적인 스탠스를 유지하기 때문에 언론의 좋은 기삿거리였다.

 하지만 비슷한 자극이란 익숙해지기 마련이고, '쟤들은 원래 저런 애들'이라는 프레임이 씌워지자 더는 화제가 되지 못했다.

 이번에도 마찬가지인 것 같았다.

 QG에 대한 이야기는 팟캐스트 청취자나, 음악 관련 커뮤니티에서 꽤 화제가 됐지만 제대로 퍼져 나가진 못했다.

 아직 유투브 영상이 올라오지 않긴 했지만, 로니와 보니가 보였던 반응을 생각해 보면 아쉬운 지점이었다.

 물론 정말로 이번 화제가 수면 아래에서만 끝나도록 컬러스 미디어가 됐을 리는 없었다.

 마케팅 팀을 가동해서라도 수면 위로 끌어올렸을 것이다.

 그러나 지금 당장 섣부르게 움직였다가는 역풍을 맞을

수도 있었기에, 그들은 유튜브 영상이 올라오는 시점까지 기다려 보려고 했다.

그때, 누군가 움직였다.

바로, 아이오빈이었다.

[로니와 보니, 이 멍청이들을 엿 먹인 QG가 너무 좋아.]

[누가 나한테 이 친구에 대해서 알려 줄 사람 없어?]

[세상에 알려지지 않은 천재는 존재하지 않는다고 생각했는데.]

[이 친구는 누가 뭐래도 천재잖아?]

SNS에 로니와 보니, 그리고 팟캐스트를 태그한 글이 올라온 것이었다.

아이오빈이 사운드 팩트에 출연하면서 사운드 팩트가 유명해진 건 사실이다.

하지만 반대의 명제도 가능하다.

애매한 수준의 루키였던 아이오빈이 일렉트로닉 팝으로 방향을 정하고, 〈SINCE〉라는 명반을 낸 건 사운드 팩트 덕분이다.

그래서 악연으로 시작한 그들의 인연은 악연으로 끝나지 않았다.

사석에서도 굉장히 자주 만나는 친구가 되었고, 아이오빈이 신곡을 준비할 때면 꼭 보니와 로니에게 들려주곤 했다.

 심지어 시상식장에서 보니와 로니에게 감사를 전한 적도 있었다.

 물론 아이오빈은 언제나 보니와 로니는 멍청이들이라고 불렀고, 보니와 로니는 덜떨어진 가수라고 부르긴 했지만.

 아무튼 아이오빈의 SNS에 올라온 이 글은 '시작'이 되었다.

 사람들은 천재라는 단어에 반감을 가지기 마련이고, 그 때문에 아이오빈이 태그한 팟캐스트를 듣게 된 것이었다.

 심지어 이건 동료 가수들조차 그랬다.

 아이오빈과 친한 가수들 중 몇몇이 '천재'라는 단어에 코웃음을 쳤다가 SNS에 글을 올렸다.

[누구야? QG? Players의 작곡가라고?]

 이쯤 되니 슬슬 반응이 오려고 할 때.
 팟캐스트가 끝난 지 딱 15시간이 지났을 때.
 평소보다 훨씬 빠른 시간에 사운드 팩트의 유투브 채널

에 이번 회차의 영상이 업로드되었다.
썸네일부터 강렬했다.

[Wanted : DEAD OR ALIVE]

서부 시대의 흔히 쓰이던 현상 수배 느낌의 배경이 있었고, 그 아래 QG가 있었다.
한데, 보니와 로니를 놀려 주면서 씩 웃고 있는 남자의 얼굴이.

-WHAT?
-동양인이었어?

해사한 미소를 짓고 있는 동양인이었다.

## Album 20. 꺾이지 않는 마음

　-정신이 나가신 거 아닙니까? 이번 주도 미국에 있겠다고요?
　"금방 들어갈게요."
　-아무리 해외 시장이 중요하다고 해도 세달백일은 아직 국내 시장 점유율을 높여야 하는 단계입니다.
　"앨범이 200만 장이나 팔렸잖아요?"
　-한국 인구가 5천만 명입니다. 앨범을 한 번이라도 구매해 본, 혹은 구매할 의사가 있는 이들은 2,500만 명이고요.
　"그렇게 말하니 좀 민망하네요."
　수화기 너머로 한숨을 푹 내쉬는 소리가 들린다.
　잠깐의 침묵 뒤 조금 정돈된 목소리가 들려온다.

-다음 주에는 무조건 돌아오세요.

"알겠습니다."

분명 전화가 끝날 타이밍이지만, 서승현 본부장이 일부러 들려주는 게 분명한 한숨을 몇 번 내쉬더니 전화를 끊는다.

그렇게 통화가 끝나자 어깨를 으쓱했다.

서승현 본부장은 SBI 엔터의 본부장이 된 이후로 나에게 굉장히 깍듯한 태도를 보였다.

아니, 정확히 말하면 세달백일 멤버 전체에게 깍듯했다.

필요한 일이었다.

세달백일 멤버들의 물리적인 나이는 어리고, 사회 경험도 적다.

그러니 자칫 잘못하면 회사의 직원들에게 얕잡아 보일 수도 있다.

나야 그런 일이 발생할 리도 없고, 발생하면 바로잡을 자신이 있다.

하지만 세달백일 멤버들은 아니다.

그렇기 때문에 서승현 본부장은 과할 정도로 깍듯한 태도를 보였고, 그게 곧 직원들의 전반적인 분위기가 되었다.

좋은 사람이고, 훌륭한 직원이다.

이번 생을 시작하면 알게 된 사람들 중, 세달백일 멤버들을 제외하면 서승현 본부장이 가장 마음에 든다.

그런 사람이 나에게 처음으로 하는 쓴소리였다.

틀린 말도 아니긴 하다.

유닛 앨범으로 끌어올린 이슈를 2집 앨범으로 터트렸고, 음악 방송을 딱 한 번 했다.

난 그리고 미국으로 왔다.

원래는 계약 검토 차원에서 온 이틀 일정이었지만, 일주일을 보내게 되었다.

서승현 본부장이 보기엔 황금같이 귀한 시간을 허비하는 것처럼 보일 것이었다.

하지만 난 그렇게 생각하지 않는다.

서승현 본부장에겐 미안한 소리지만, 쇼 비즈니스에 있어서 그는 아마추어다.

진짜 프로들은 전 세계 마켓을 대상으로 활동을 해야 하고, 나는 그럴 수 있는 사람이다.

또한, 그렇게 해야 하는 사람이다.

2억 장을 반드시 팔고 싶다.

이번 생에 만난 친구들과의 모든 추억과 기억들이 물거품으로 사라지길 원하지 않는다.

오십쯤 되어서 '그때 우리는 열정적이었지'라는 흔한 멘트를 치면서 추억을 곱씹고 싶다.

케이팝, 아니 전 세계에 세달백일이란 이름이 곱씹히면 좋겠다.

2010년대 후반에 혜성처럼 등장해서 2020년대를 평정하고, 피지컬 음반 2억 장을 파는 레전드 그룹.

 피지컬 음반 2억 장이면 아마 RIAA(미국 음반 산업 협회) 기준으로 10억장쯤 찍히지 않을까?

 아니다.

 디지털 음반 판매까지 싹 다 잡히면 15억 장도 찍힐 수 있을 것 같다.

 그러면 우리는 비틀즈 이후 가장 위대한 그룹으로 남을 것이다.

 그래서 잠시 미국에 머무는 것이었다.

 한국에서 음반 100만 장이 더 팔리는 것보다, 지금 미국에서 인지도를 높이는 게 더 중요하다는 판단하에.

 보니와 로니의 쇼의 출연하는 것이 즐겁다든가, 미국이 더 편해서가 아니다.

 하지만 이런 상황 설명을 정확히 할 수 없기 때문에 서승현 본부장이 한숨을 쉬는 것도 이해하고.

 그런 생각을 하다가 수화기를 들어 온새미로에게 전화를 걸었다.

 멘탈이 가장 약한 놈이라서 종종 전화를 해 줘야 한다.

 하지만 온새미로가 받지 않아서 최재성에게 했는데, 최재성도 받지 않는다.

 그 다음으로 전화를 건 이이온은 연결이 됐다.

-어, 시온아. 다음 주 월요일에 들어온다며?

그새 서승현 본부장이 이야기를 했나 보다.

아니면 무조건 월요일에 들어오라는 압박이거나.

"한국은 어때요?"

-너 없이 공중파 예능 한 개 찍었고, 라디오는 꽤 했고. 유튜브 채널 몇 개 나갔어. 아, 맞아. 우리 모자이크 라이브 찍었다?

모자이크 라이브는 대체 왜 인기가 있는지 모를 유튜브 채널이다.

처음 영상을 시작할 때는 화면 전체가 모자이크가 쳐져 있는데, 라이브를 진행하면서 조금씩 모자이크가 사라지는 포맷이다.

얼굴을 가리는 모자이크가 제일 마지막에 없어지는데, 보통 아이돌들이 많이 출연한다.

멤버들이 되게 좋아하는 유튜브 콘텐츠인데, 난 도무지 저게 왜 인기가 있는지 모르겠다.

차라리 전부 보여 주다가 조금씩 모자이크를 하는 게 더 좋지 않나?

마지막에는 모자이크 때문에 아무 것도 안 보이니까, 노래에 빡 집중할 수도 있고.

"제 파트는요?"

-나눠서 불렀지.

"나눠진다고 나눠질 리가 없는데?"

-미국 물 먹었더니 좀 더 건방져진 것 같네?

"그대로일걸요?"

-사실 그래. 커밍업 넥스트할 때부터 웬 망나니가 노래를 잘 하네라고 생각했었는데.

수화기 너머로 이이온의 낮은 웃음소리가 들려왔다.

그렇게 쓸데없는 잡담을 나누며 곧 들어갈 거라는 이야기를 했다.

그렇게 전화를 끊으려다가 온새미로 생각이 났다.

"아, 근데 온새미로랑 최재성은 통화가 안 되던데요?"

-그래? 둘이 숙소에 있을 텐데?

"그래요?"

두 사람은 현재 룸메이트고, 같은 방을 쓴다.

아마 보드게임이나 핸드폰 게임 같은 걸 하고 있는 것 같았다.

-뭐 할 말 있어? 지금 전화하라고 할까?

"아뇨. 괜찮아요. 다음에 통화하죠, 뭐."

그렇게 전화를 끊고는 테이블에 올려놓은 노트북을 훑었다.

내가 커밍업 넥스트에 출연하면서부터 만들고, 발표했던 곡들이 일목요연하게 정리된 문서 파일이 보인다.

단지 곡명만 있는 게 아니라, 음원을 듣거나 라이브 영상을 보는 곳도 다 링크를 달아 두었다.
 이게 뭐냐고?
 보니와 로니에게 보낼 거다.
 그들이 내건 3,000달러의 현상금은 내가 탈거니까.
 상식적으로 나보다 날 잘 알고 있는 사람은 없잖아?
 다만 좀 고민하는 건.

[QG가 만든 곡 중에 진짜 존나 구린 곡이 있으면 제보해. 그걸 가지고 다시 개자식과 방송을 해야겠어.]

 아무리 생각해 봐도 내가 만든 곡 중에 구린 게 없는 거 같아서.
 아쉬운 무대는 있었지만, 구린 곡은 없다.
 내가 이번 생에서 한 가장 아쉬운 무대는 커밍업 넥스트에서 부른 NOP의 보이스카우트지만, 그건 내 잘못이 아니다.
 같이 부른 사람들이 못했잖아.
 게다가 이건 원곡을 그대로 카피한 거라서 내가 만든 곡도 아니고.
 내 정보에 내건 현상금에다가, 구린 곡에다가 건 현상금까지 둘 다 타야지 더 큰 화제가 될 텐데.
 팟캐스트의 청취자들도 좋아할 거고.

뭘로 하지?

그렇게 고민하다가 좋은 생각이 났다.

구린 곡이 없으니까, 지금 만들면 되겠다는 생각으로.

"음……."

문득 구태환과 이온 형의 유닛 그룹이었던 복면강도가 떠오른다.

재미있을 것 같은데.

어디 복면 없나?

그때 컬러스 미디어의 파울에게 메시지가 왔다.

-아주 진지하게 묻는 건데, 우리 회사 홍보팀 직원으로 취업할 생각은 없어요? 치프 매니저 자리도 줄 수 있을 것 같은데.

미국식 조크는 늘 이런 식이지.

사운드 팩트의 유튜브 채널에 들어가 보니, 벌써 영상이 올라와있다.

업로드 된 지 한 시간밖에 지나지 않았는데, 조회 수와 추천 수가 어마어마하다.

QG가 사실은 동양인이었다는 반전이 통한 것이었다.

어깨를 으쓱하고는 파울에게 메시지를 보냈다.

미국식 조크에는 미국식 조크로.

-건 바이 건으로 고용된 거 아니었나요? 이번 마케팅 수당부터 입금해 주시죠.

곧장 답장이 날아온다.

-HR 코퍼레이션의 〈TFD〉 판매량을 앞지르는 것까지가 하나의 건입니다.

그래?

컬러스 미디어의 목표가 HR 코퍼레이션이 유통하는 〈THE FIRST DAY〉보다 〈STAGE〉를 더 많이 파는 것인가 보다.

현실적으로 쉽진 않을 거다.

HR 코퍼레이션의 TFD는 영어 버전이며, 미국 취향에 맞춘 사운드 작업까지 했으니까.

그에 반해서 〈STAGE〉는 한국어 앨범이다.

물론 한국어 7에 영어 3정도의 영한 혼용은 들어갔지만.

하지만 현실은 모르겠고, 컬러스 미디어의 목표는 마음에 든다.

-콜.

일단 보니와 로니부터 좀 놀려 줘야겠다.

\* \* \*

"한국인이었다고?"

"한국이 바다 국가야? 분명 서부 해안가의 말투였는데."

"구글 맵을 보니까 삼면이 바다긴 하네."

"한국은 나라 전체가 캘리 가이들로 꽉 차 있는 건가?"

보니와 로니의 멍청한 대화에 스태프들이 어이없다는 표정을 지었다.

세상에 해안가가 캘리포니아 하나만 있는 것도 아니고, 바닷가에 살면 캘리 억양을 쓰는 것도 아니다.

아니, 애초에 영어를 쓰는 국가가 아니잖아?

하지만 보니와 로니의 지능이 낮아지는 것도 이해가 안 가는 것도 아니었다.

보이지 않는 곳에서 사운드 팩트를 함께 만들어 가는 스태프들도 QG의 정체를 사무치게 궁금해했고, 그들끼리 내기도 했다.

QG가 미국 사람인지 스페인 사람인지에 대해서 돈을 걸었는데, 둘 다 아니었던 것이었다.

"근데 좀 이상하네. 이 한국인 유학생이 보낸 파일을 보면 2017년에 첫 활동을 시작했다고 하는데……. 그럼 이제 1년밖에 안 된 거잖아?"

"아마 가수 활동을 2017년이 시작한 게 아닐까? 작곡가 활동은 그 전부터 했고."

"그게 현실적이긴 한데……. 이제 고작 스무 살(만 나이)인데?"

"젠장. 컬러스 미디어는 뭐래?"

"내부 논의 중이래. 고국에 스케줄이 있어서 미국에 얼마나 머물지 모르겠다고."

그렇게 보니와 로니가 팟캐스트 청취자인 한국인 유학생이 보낸 파일을 함께 읽고 있을 때였다.

또 다른 스태프 중 한 명이 랩톱을 옆구리에 끼고는 미팅 룸으로 헐레벌떡 뛰어 들어왔다.

"이것 좀 봐 봐."

"뭔데 그래?"

"아무래도 QG가 보낸 메일인 것 같은데?"

"뭐? 뭐라는데?"

"뭐라고 한 건 아니고, QG의 신상 내역이 상세하게 적혀 있어."

"무슨 소리야? QG가 보냈다며?"

"그러니까. 본인이 그 현상금을 타려는 것 같아."

"뭐?"

보니와 로니가 어처구니없는 표정을 짓다가 웃어 버렸다.

생각도 못했던 일이긴 한데, QG의 캐릭터를 생각해 보면 잘 어울리는 일이다.

"방송을 잘 아는 건지, 타고난 스타인 건지."

한 스태프의 중얼거림에 모두가 공감하고 있을 때쯤, 로니와 보니가 랩톱을 받아서 글을 읽기 시작했다.

거기에는 한국인 유학생이 보낸 것보다 훨씬 자세하고, 정확한 ZION의 활동 연대가 있었다.

링크도 달려 있고, 설명도 되어 있다.

하지만 그 무엇보다 보니와 로니의 시선을 사로잡은 건, '구린 곡'이라는 항목이었다.

거기에는 딱히 어떤 곡이 적혀 있는 건 아니고, 유투브 주소가 하나 있었다.

"와이파이 연결되어 있어?"

"아니."

후다닥 랩톱에 와이파이를 연결하고 링크를 클릭하니, 유투브 동영상이 하나 떠오른다.

그러자 나타나는 것은 갱스터들이 쓸 것 같은 복면을 뒤집어쓴 QG였다.

-헬로우?

외모로는 알 수 없지만, 목소리가 똑같다.

-없는 걸 찾고 있는 것 같아서, 내가 손수 만들어 주려고.

그렇게 화면 속 QG가 당황스러운 행동을 연속적으로 보여 줬고, 순식간에 하나의 곡이 탄생했다.

거의 마법 같은 속도였다.

-어때? 구리지?

그렇게 말한 QG가 웃음을 터트리더니 영상이 끝나 버

렸다.

그 순간, 회의실 안에 모여 있던 이들의 머릿속에 떠오르는 생각은 딱 하나였다.

'……존나 좋잖아?'

\* \* \*

사운드 팩트는 'B급 감성'이란 단어와 어울리는 팟캐스트지만, 무려 5년이나 된 장수 팟캐스트였다.

이는 보니와 로니가 가지고 있는 음악적 지식이라든지, 뛰어난 진행 능력과 말재간만으로 가능한 일은 아니었다.

그 못지않게 중요한 요소는, 그들이 굉장히 프로페셔널하다는 것이었다.

사운드 팩트는 지난 5년간 정해진 방송 일정을 지키지 못한 적이 단 한 번도 없었다.

아무리 바쁜 스케줄이더라도 어떻게든 방송을 하고야 마는 프로 정신이 있었다.

한데, 오늘.

사운드 팩트는 방송 일정을 지키지 않았다.

그러나 펑크를 낸 건 아니다.

오히려 그 반대였다.

예고도 없이 갑자기 방송이 켜진 것이었다.

-WHAT?
-심장이 떨어지는 줄 알았어. 팟캐스트 알람을 보고 내가 날짜를 잘못 알았다고 확신했다고!
-나도 마찬가지야. 벌써 휴가가 끝난 줄 알고 날짜를 몇 번이나 확인해야 했어.

청취자들이 호들갑을 떨 만한 사건이었지만, 금방 보니와 로니의 입을 통해 상황이 설명되었다.
요약하자면 간단했다.
바로 이틀 전, 그들의 팟캐스트를 뒤집어 놓고 사라진 QG와 관련된 방송을 하려고 한다.
하지만 정규 편성에 QG를 또 다루는 건 아닌 것 같다.
그들이 5년간 지켜 온 포맷이 깨지는 것이니까.
그래서 특별 편성으로 평소보다 짧은 방송을 진행하려고 한다.

-QG!QG!QG!QG!QG!
-그가 보니와 로니를 일하게 만들었어.

반응은 좋았다.

팟캐스트가 켜지자마자 모여든 이들은 거의 대부분이 사운드 팩트의 열성 청취자들이다.

그런 이들이 추가 방송을 반기지 않을 리가 없었다.

심지어 이게 끝이 아니었다.

[참, 유투브 라이브로 생중계 중이니까 영상을 함께 보길 원하는 사람은 봐도 괜찮을 거야.]

[이건 QG가 출연해서 그런 건 아니야. 슬슬 라이브도 함께 송출해야 하나 고민하던 시점이었거든.]

[아무래도 특별 방송이 정규 방송보다 실험하기 좋으니까.]

[1분 줄게. 유투브로 갈 사람은 빨리 가라고.]

[우리에게 데이터를 내놔.]

그렇게 영상을 보려는 이들은 유투브로 향했고, 여전히 팟캐스트가 편한 이들은 그대로 남았다.

정확히 1분이 흐르고, 방송이 시작되었다.

[거창한 오프닝은 필요 없어.]

[QG에게 현상 수배를 내건 동영상의 조회 수를 보니, 다들 상황을 아는 것 같거든.]

[그래. 우린 현상 수배를 걸었고, 역시 현상금 헌터가

나타났어.]
 [하지만 문제는…….]
 [젠장. QG가 본인에게 내건 현상금을 타 갔다는 거지.]
 [본인보다 본인을 잘 아는 사람은 없으니까.]
 [들어와. 3,000달러에 영혼을 판 남자.]

 그렇게 QG가 등장했다.

 [HOLA.]

 여전한 스페인어 인사에 보니와 로니가 진절머리가 난다는 표정을 지었다.
 돌이켜 보면 QG는 시종일관 낚싯대를 던지고 있었고, 그들은 그걸 물고 파닥거렸다.

 [젠장. 사람들은 네가 아시아인이라는 거에 당황했지만, 난 네가 스페인과 인연이 없다는 거에 더 당황했어. 대체 스페인어는 어디서 배운 거야?]
 [레알 마드리드의 팬이거든.]
 [그래서 스페인어를 배웠다고?]
 [언젠간 경기를 직관하는 게 꿈이었거든. 그걸 위해서 열심히 공부했지.]

[Fucking Liar. 못 믿겠어.]
[지금부터 욕 금지야. 욕이 나오면 스튜디오에서 도망칠 거야.]
[WHY?!]
[이래봬도 난 케이팝 스타거든. 내 팬들은 욕 싫어해.]

다짜고짜 던져진 충격 발언에 채팅창이 시끌시끌해졌다.

청취자들 중에는 이미 QG의 정체에 대해서 아는 이들도 있었지만, 모르는 사람이 훨씬 많았다.

사운드 팩트의 유투브 채널을 통해서 QG가 아시아인이라는 건 확인했지만, 그 이상의 정보를 확인하지 않은 이들이 많다는 것이었다.

원래 콘텐츠 소비자들은 생각보다 수동적인 경우가 많다.

[헤이, QG. 앞서 나가지 말라고. 그걸 벌써 밝히면 어떡해? 젠장.]
[젠장도 욕이야.]
[이게 왜 욕이야?]
[부모님한테 하지 못하는 말이면 욕이야.]
[난 하는데?]

[스카이워커(스타워즈의 등장인물)라도 되는 거야?]

QG의 말에 보니와 로니가 마른 웃음을 터트렸다.

[신기하단 말이지. 그런 조크는 여행객들이 쓰기 힘든데.]
[미국 드라마를 워낙 많이 봐서.]

능숙하게 대화를 헤쳐 나가던 QG가 마침내 자기소개를 해 달라는 요구를 받았다.
그러는 사이에도 꽤 많은 청취자가 팟캐스트를 떠나서 유튜브로 이동을 하고 있었다.
처음엔 익숙한 팟캐스트로 방송을 들으려고 했지만, 세 사람의 대화를 듣고 있자니 비주얼이 궁금해진 것이었다.
특히 QG가 케이팝 스타라는 충격적인(?) 정체를 밝혔으니 더더욱.
이건 사운드 팩트 입장에서는 굉장히 반가운 일이었다.
단지 유튜브 스트리밍의 수익이 더 크기 때문은 아니었다.
언제까지나 팟캐스트에 머물 수 없는 사운드 팩트도 스트리밍 플랫폼으로 넘어가고 싶어 한 지 꽤 됐으나, 확신이 없어서 조심스러운 걸음을 걷고 있었다.

자칫 잘못하면 두 플랫폼에서 모두 청취자가 줄어드는 일이 벌어질 수도 있으니까.

한데, 이 문제가 QG라는 빅 샷을 만나서 손쉽게 해결되고 있으니 기쁘지 않을 수가 없었다.

이런 상황 속에서 QG의 자기소개가 시작되었다.

[내 이름은 한시온이고, 이름과 표기가 같은 ZION이 내 활동명이야.]

[하지만 내 정체성은 ZION보다는 세달백일이라는 케이팝 그룹의 리더지. 발음이 어렵다는 걸 아니까 SBI나 Sedar라고 불러도 좋아.]

[그룹 활동 중에 사람들이 알 만한 건 컬러 쇼 출연 정도? 거기서도 내가 만든 곡을 불렀고, 빌보드의 레전드들의 곡을 받아서 The First Day라는 앨범을 냈지.]

[맞아. 누가 채팅창에 말하네. 얼마 전에 HBO의 다큐멘터리가 나오면서 언급이 됐지. 다큐멘터리에 나오는 크리스 에드워드의 친구가 나야.]

[아마 도널드 맥거스와 잉위 게이치의 비프 때문에 아는 사람이 있을 것 같기도 하네.]

QG, 아니 본인을 ZION이라고 소개한 남자는 대수롭지 않게 본인에 대한 이야기를 꺼냈다.

가벼운 태도였다.

하지만 쇼 비즈니스에 대한 감각이 있는 사람이라면 감탄할 만한 화법이기도 했다.

그는 사람들이 궁금해하지 않을, 아니 정확히 말하자면 '아직' 궁금해 하지 않을 만한 이야기는 전부 뺐다.

한국에서 어떻게 데뷔했는지, 어쩌다 가수가 됐는지 같은 내용은 일절 없었다.

그 대신 사운드 팩트의 청취자들과 연결 고리가 있을만한 지점을 대수롭지 않게 툭툭 던지는데, '어떻게'가 없다.

어떻게 케이팝 그룹이 컬러 쇼에 출연했는지에 대한 이야기가 없고, 어떻게 도널드 맥거스, 얀코스 그린우드, 에릭 스캇 같은 전설들과 작업을 했는지가 없다.

어떻게 TFD란 앨범이 미국 내에서만 수십만 장이 팔렸는지에 대한 이야기가 없고, 또한 어떻게 〈STAGE〉란 앨범이 한국에서 200만 장 가까이 팔리고 있는지에 대한 설명이 없다.

청취자들 중 대부분은 생략된 이유를 '케이팝에서 긴 역사를 가진 슈퍼스타라서'라고 추측했으나.

[참고로 데뷔한 지는 1년이 조금 넘었어. 아, 우리가 리얼리티 쇼 출연으로 데뷔를 했는데, 그 기준이야.]

그 역시 아니었다.

구구절절 설명했으면 적당히 흘려 넘겼을 부분들이 전부 생략되니 사무치게 궁금하다.

그 때문에 질문이 쏟아지고 있었다.

원래 사람은 '자신이 궁금하다'고 여기는 것에 대한 설명은 갈구하지만, 남이 '이거 궁금하지?'라고 알려 주는 설명에는 집중을 잘 못하는 생물이니까.

하지만 자이온은 끝까지 설명하지 않았다.

[이유? 내가 좋은 음악을 만들어서밖에 없지 않나?]

그렇게 얼추 보기엔 본인과 소속된 그룹의 자랑밖에 없는 자기소개가 끝났다.

하지만 실제로는 자랑이라기보다는 호기심을 자극하는 전략이었다.

로니가 어깨를 으쓱했다.

[진절머리 나지? 마찬가지야.]
[그래서 그냥 이 자식의 음악을 쭉 듣는 시간을 좀 가져 보려고 해.]
[보니와 내가 종종 하나의 앨범을 통째로 해체 분석할 때가 있지? 그것처럼 이 자식이 리얼리티 쇼에서 부른

노래를 시작으로 최근 앨범까지를 들어 볼 거야.]

[전부 들을 수는 없어.]

[알고 보니까 이 정신 나간 놈은 일 년간 30곡 가까이를 발표했거든.]

[그래서 당사자의 추천을 받아서 리스트를 작성했고, 우리도 아직 거의 못 들어 봤어.]

[그럼 가 보자고.]


그렇게 흘러나온 첫 번째 음악은, 한시온이 이번 생에서 처음으로 남에게 들려준 음악이었다.

멜리즈마가 1943년에 발표했던 〈Tony Bright〉를 시카고 블루스로 편곡한 곡.

그랬다.

한시온이 커밍업 넥스트에 출연을 확정 지었던 그 곡이다.

노래가 흘러나오자 보니와 로니가 두 눈을 크게 떴다.

케이팝 가수를 뽑는 리얼리티 쇼의 최종 테스트 무대에서 부른 곡이라고 했다.

당연히 케이팝이나 빌보드 팝이 나올 줄 알았는데, 델타 블루스를 원곡으로 하는 시카고 블루스다.

물론 시카고 블루스라곤 해도 현재의 일렉트로닉 블루스의 느낌이 강하지만……

굉장히 매력적이다.

사실 여기엔 약간의 우연도 겹친 일이었다.

회귀 당시, 한시온은 순도 100% 미국인에 가까웠다.

케이팝 시장에서 활동했던 기억이 있긴 하지만, 벌써 백 년도 더 된 일이다.

머리로는 기억해도 감성과는 거리가 멀었다.

그래서 본인이 좋다고 생각하는 곡을 불렀고, 깡패 같은 실력으로 합격하긴 했지만, 사실 좋은 선곡은 아니었다.

그 때문에 방송 초반에는 시청자들에게 왜 케이팝 아이돌을 하려는지 모르겠다는 느낌도 주었고.

그러나 그렇기 때문에 오히려 사운드 팩트에 입장에서는 반전 매력이었다.

[케이팝 그룹을 뽑는 리얼리티 쇼라지 않았어?]
[맞아.]
[이런 걸 불러도 통과해?]
[제작진들은 프로페셔널했고, 장르가 중요한 건 아니었어. 실력을 봤지.]
[굉장한데? 미국의 쇼보다 더 공정하군. 아메리칸 아이돌에서 이걸 불렀으면 어떻게 됐을지 솔직히 장담 못하겠어.]

한시온이 의도한 건 아니었지만, 첫 곡의 선곡 덕분에 청취율의 저하가 거의 없었다.

오히려 다들 기대를 품은 모양이었다.

다음 곡은 프로그레시브 록인 〈가로등 아래서〉와 베드룸 팝인 〈Resume〉였다.

두 곡 다 1절과 후렴만 나왔는데, 이미 앞선 방송에서 한 번씩 나온 곡이기 때문이었다.

[와우, 이렇게 상반된 곡들이 리얼리티 쇼에서 나왔다고?]

[노노. Resume는 리얼리티 쇼가 끝나고 처음으로 나온 싱글이었어. 1집 앨범 수록 곡이기도 하고.]

그렇게 흘러가던 곡이 케이팝 스트러글로 연결되었다.

사실 사운드 팩트의 시청자들에게 케이팝은 낯선 것이었다.

그러나 〈Tony Bright〉로 시작된 Zion의 필모그래피에 잘 어울리는 곡이기도 했다.

케이팝에 매력이 없었다면 팬데믹 기간에 본격적인 미국 러쉬가 시작되었을 때, 그렇게 인기를 얻지 못했을 것이었다.

그 뒤, 스테이트 오브 마인드와 섬머 크림으로 1집 앨범까지의 필모그래피의 재생이 끝이 났다.

[여기까지가 1집이야. 물론 실제 1집 수록 곡은 이것보다 훨씬 많긴 해.]
[대체 어쩌다가 그런 거장들과 작업을 하게 된 거야?]
[내가 그 사람들을 생각하며 만든 곡을 에드워드를 통해서 들려줬거든. 마침 다큐 촬영 중이라서.]
[그게 다라고?]
[미완성 곡을 줬어.]
[미완성? 왜?]
[그들의 영감을 잠깐은 훔칠 수 있었지만 제대로 완성할 자신은 없었거든. 솔직한 심정으로 한 명만 응해도 성공이라고 생각했던 계획이야.]
[근데 루시드 빈, 얀코스 그린우드, 모스코스, 에릭 스캇, 루츠 로비, 메리 존슨, 도널드 맥거스가 응했다고?]
[맞아. 운이 좋았지.]


운이 좋았다라는 표현은 어울리지 않았다.
한 명도, 두 명도 아니고 무려 7명이었으니까.
그러니 사운드 팩트의 청취자들은 모두 같은 결론을 내릴 수밖에 없었다.
그들이 지금 듣고 있거나, 보고 있는 남자가 진짜 천재라는 걸.

그 순간, 보니가 스튜디오 한쪽에 세워진 기타를 자이온에게 내밀었다.

[받아.]
[이건 왜?]
[지난번에 세팅한 그대로야. 그러니까 하나 들려줘 봐. 어떤 미완성 곡을 주니, 어떻게 완성됐는지.]
[흠, 기타 한 대라……. 그러면 얀코스 그린우드에게 줬던 미완성 곡을 쳐 볼까?]

그렇게 말한 자이온이 얀코스 그린우드의 재지함이 물씬 풍기는 팝 재즈를 연주했다.

사운드 팩트는 미국의 전통적 사운드를 신봉하는 팟캐스트는 아니지만, 다양한 장르의 마니아들이 모여 있는 팟캐스트다.

당연히 팝재즈의 마니아들도 있었고, 그들은 자이온의 연주가 가진 뛰어남을 즉시 꿰뚫었다.

[여기까지만 쳤지.]
[왜? 이 뒤에도 칠 수 있는 거 아니야?]
[하려면 할 수는 있었겠지만, 그린우드가 만든 것보다

완벽할 자신이 없었거든.]

 보니와 로니는 자이온의 거짓말을 즉시 꿰뚫었다.
 자이온이 얀코스 그린우드보다 위대한 뮤지션이냐고 하면, 그건 아니다.
 위대함은 단순한 방식으로 쟁취할 수 있는 게 아니니까.
 하지만 누가 더 뛰어난 음악적 재능을 가지고 있냐고 묻는다면, 아무래도 자이온인 것 같다.
 데뷔한 지 1년 만에 이토록 다양한 장르의 다양한 곡들을 쏟아 냈는데, 그 어떤 것도 아쉬운 느낌이 없다.
 이는 보니와 로니 입장에서 당황스러운 것이었다.
 그들은 쇼를 진행하기 위해 일 년에 몇 백, 몇 천 곡을 듣는다.
 그러나 그렇게 많은 곡 중에서 '단점 없이 완벽하다'라는 느낌을 주는 곡은 몇 개 없다.
 일 년에 많이 봐야 스무 곡 정도?
 정말 많으면 서른?
 그만큼 그들의 귀는 까다로운데, 자이온이 만든 곡들은 하나같이 그 귀를 만족한다.
 물론 로니는 베드룸 팝인 〈Resume〉가 취향에 맞지 않고, 보니는 프로그레시브 록인 〈가로등 아래서〉가 취향에 맞지 않는다.

하지만 이건 취향의 문제지, 수준의 문제로 연결되진 않는다.

그에 반해 가장 마지막에 발매된 얀코스 그린우드의 앨범은 어떠했는가.

10개의 곡이 있으면 2곡 정도는 비명을 지를 만큼 좋았고, 5곡 정도는 박수를 칠 수 있었으며, 3곡 정도는 구렸다.

만약 얀코스 그린우드가 커리어 TOP 10의으로 자이온과 겨룬다면 누가 이길지 모르겠다.

특정 장르에 깊은 뿌리를 내린 거장이 가진 위대함은 뛰어남으로 누르기 힘든 것이니까.

하지만 커리어 TOP 100으로 겨룬다고 하면, 자이온이 이길 것 같다.

이 말은 결국 간단한 결과로 귀결된다.

뮤지션의 평균 수준이, 자이온이 더 높다는 거다.

'믿기진 않지만.'

그러니 자이온이 한 말은 거짓말일 것이었다.

그는 거장의 곡을 완성하지 못한 게 아니라, 완성하지 않은 거다.

그렇게 접점을 만들기 위해서.

아직 HBO의 다큐멘터리를 보지 못한 보니와 로니는 몰랐지만, 실제로 거장들도 자이온의 거짓말을 전부 꿰뚫어 보았다.

그 누구도 속지 않았다.

그럼에도 불구하고 그들이 인연을 가지게 된 건, 자이온이 아무래도 상관없을 만큼 마땅한 음악을 들려줬기 때문이었다.

[그걸 얀코스 그린우드가 이렇게 완성했지.]

그사이, 다시 자이온의 기타가 불을 뿜었다.
재즈는 참 신기한 장르긴 하다.
속주를 선보이는 장르도 아니고, 화려한 테크닉으로 멜로디를 포장하는 장르도 아니다.
그럼에도 불구하고 최상위 재즈 뮤지션들이 기타를 연주할 때면 불을 뿜는 것 같다.

[그리고 마지막으로, 그 곡을 내가 이렇게 편곡해서 우리의 앨범에 넣었지. 제목은 Holiday야. 1집 앨범에 있다고.]

이어서 자이온의 기타가 〈The First Day〉에 수록된 할리데이라는 곡을 연주했다.
이 곡은 오늘의 청취 리스트에 들어가 있진 않았다.

[영어를 이렇게 잘하는데, 글로벌 버전을 만들어서 팔 생각은 없어?]

연주가 끝나자 날아온 로니의 질문에 자이온이 어깨를 으쓱했다.

[HR 코퍼레이션에게 이야기가 나오고 있긴 해.]
[그래? 넌 컬러스 미디어 소속이 아니었어?]
[노노. 2집과 유닛 앨범의 해외 배급사가 컬러스 미디어인 거지. 1집의 배급사는 HR 코퍼레이션이야.]
[그래서 글로벌 버전은 언제 나오는데?]
[나도 몰라. HBO의 다큐멘터리가 이슈가 된 이후에 부랴부랴 진행된 일이니까. 시간이 좀 걸리겠지.]

만약 모든 일이 처음부터 계획되었다고 하면, 도널드 맥거스와 잉위 게이치의 말싸움마저 전부 프로모션의 일환으로 취급을 받을 수가 있다.

그걸 알고 있는 한시온이 적당한 거짓을 섞었지만, 다들 관심이 없었다.

그보다는 뮤직 인더스트리의 두 거물들이 한 가수의 다른 앨범을 프로모션하는 게 더 신기했으니까.

이 말은 곧, 자이온과 SBI라는 그룹이 미국에서만 유명하지 않을 뿐이라는 거다.
 이미 업계 내부에서는 실력적으로 인정을 받았다는 증거다.

 [좋아. 계속 궁금했는데 유닛 앨범은 대체 뭐야? 유닛 앨범을 합치면 2집이 나온다는 이상한 말을 했던 것 같은데.]
 [들어 보면 알아.]

 그렇게 유닛 앨범 Side A, B, C의 청취가 시작되었다.
 보니와 로니는 1집을 들을 때보다 더 풍부한 식견을 자랑하며 곡에 대한 자신의 생각을 보탰다.
 그도 그럴 게, 유닛 앨범은 특정 장르에 국한된 곡들이었다.
 복면강도의 Side A는 R&B.
 최재성의 Side B는 일렉트로닉 팝(혹은 신스 팝).
 온앤온의 Side C는 언플러그드.
 이렇게 장르가 국한되어 있으니 할 말도 많았고, 많은 의견이 오갔다.
 그사이, 사운드 팩트의 청취자들은 이번 특별 방송이 확실히 일반 방송과는 다르다는 생각을 했다.
 일반 방송은 포맷이 정해져 있지만, 특별 방송은 구체

적인 포맷이 없이 음악에 대한 이야기를 두서없이 풀어 놓는다.
 조금 지루한 포맷이다.
 물론 지금 지루한 건 아니다.
 자이온이 들려주는 곡은 워낙 다양한 장르라서 듣는 재미가 있다.
 유일한 아쉬움이라고는 영어와 외국어가 혼용됐다는 건데, 이것도 아쉬운 정도다.
 곡의 수준이 높아질수록 언어의 장벽은 낮아지니까.
 그러나 이건 자이온이라서 가능한 일이다.

 [방금 들었던 유닛 앨범의 3곡을 합치면 우리 정규 2집 앨범의 타이틀이 나오지.]
 [뭐?]

 그는 계속 마술 같은 것들을 보여 주고 있으니까.
 그러니 이 포맷에 다른 가수들이 들어온다면 지루할 수도 있을 것 같았다.
 유명세와는 별개로 말이었다.

 [들어 보자고.]

\* \* \*

내가 준비해 온 모든 곡이 끝이 났다.

확실히 보니와 로니는 음악을 듣는 귀가 있다.

몇몇 지점에 있어서는 나조차 깜짝 놀랄 예리함을 보여주기도 했다.

특히 내가 어떤 뮤지션을 레퍼런스로 삼았는지, 어떤 필을 내고 싶어 했는지를 정확히 잡아내더라.

하지만 그보다 재미있었던 건, 세달백일 멤버들의 특성에 대한 이야기였다.

보니가 온새미로와 구태환의 목소리를 유심히 듣더니, 같은 화성에 다른 멜로디를 구사하는 투 피치 앨범을 듣고 싶다는 이야기를 했다.

그런 생각은 단 한 번도 안 해 봤는데, 확실히 가능성 있는 이야기다.

사실 가수로서 구태환과 온새미로는 정반대의 스타일이다.

구태환이 타고난 리듬감으로 승부를 한다면, 온새미로는 좋은 소리로 승부를 하니까.

그래서 두 사람의 파트는 의도적으로 거리를 좀 두고 분배를 했었다.

그건 2집 앨범까지 이어졌고.

하지만 보니와 로니의 이야기를 들어 보니, 내가 약간 편견이 있었던 것 같다.

이전에는 내 판단이 정확했다.

1집 앨범을 만들 때까지만 해도 두 사람은 거리를 벌리는 게 맞았다.

그러나 두 사람의 실력은 늘었고, 이제는 개성에 매몰되지 않는 레벨이 되었다.

일류가 되면 개성에 얽매이는 게 아니라, 개성을 활용하게 되니까.

그래서 두 사람을 붙이는 게 꽤 재미있겠다는 생각이 들었다.

뿐만 아니라, 로니는 나와 최재성의 목소리 합이 좋다는 이야기도 했다.

이 부분은 딱히 근거는 없고 지극히 개인 취향이었는데, 사운드 팩트를 오래 청취한 이들은 알 거다.

로니는 음색의 합에 대해 신통방통한 감을 가지고 있다.

또한 가수의 음색은 어떤 장르에 가장 잘 어울린다는 것도 금방 알아차린다.

내가 알기로 아이오빈의 목소리를 듣자마자 일렉트로닉 팝을 추천한 것도 로니일 거다.

그래서 기억을 해 두었다.

지금까지 난 최재성과 딱히 합을 맞춰 본 적이 없으니까.

그런 생각을 하고 있는데, 방송이 엔딩으로 다가갔다.

"특별 방송이라서 별로 준비한 게 없긴 한데, 마지막으로 목표와 계획에 대한 이야기나 해 봐."

"미국에서 활동 예정이라든지, 그런 이야기 있잖아."

두 사람의 말에 잠깐 생각에 잠겼다가 입을 열었다.

"내 목표는 굉장히 단순해. 우리 팀으로 2억 장의 앨범을 파는 거야."

"2억 장? 구체적인 수치인 이유가 있어?"

"별 의미는 없어. 그냥 현시점에서 가수가 가장 많이 팔 수 있는 수치겠다 싶어서."

"그건 아닐걸? 2억 장에 근접했거나, 넘긴 가수들은 꽤 많아."

아. 그렇지.

이 말은 안 했네.

"디지털 음원은 빼고. 순수 피지컬 앨범만."

"……불가능할걸?"

"가능할 거라고 믿는 거지."

그 뒤로 우리는 이런저런 잡담을 나누었고, 방송이 종료되었다.

송출이 끝이 나자, 기지개를 쭉 핀 로니가 입을 열었다.

"솔로 활동 생각은 없는 거야?"

"갑자기?"

"아니, 팀으로 2억 장을 팔려고 한다길래. 너희 팀원들도 훌륭하지만, 넌 위대해질 수 있을 거야."

글쎄.

난 위대한 뮤지션이 될 수 없을 거다.

반짝 스타에게는 위대하다는 칭호가 붙지 않으니까.

요즘은 꽤 상태가 좋지만, 여전히 난 언제 회귀할 줄 모르는 불안정한 놈이거든.

그런 의미에서 위대한 뮤지션은 모르겠지만, 비운의 뮤지션은 될 수 있겠네.

빛나는 재능을 선보이다가 갑자기 사라진 이들에게 붙는 칭호니까.

그런 생각을 하며 이제 호텔로 돌아가려고 했는데, 보니와 로니는 못내 아쉬운 모양이었다.

술 한 잔 하자고 매달린다.

아마 두 사람은 내 재능을 더 엿보고 싶은 것 같다.

오늘 방송은 준비된 곡들을 가져온 터라, 날것의 이야기를 못했으니까.

하지만 난 이제 정말 가야 한다.

당장 새벽에 비행기를 타고 한국으로 가야 하니까.

그때 문득 드는 생각이 있었다.

"생각해 보니까 그 곡은 안 나왔네? 내가 얼마 전에 만든 거."

"뭐? 네가 만든 곡 중 가장 아쉬운 거?"

"맞아. 웃기는 데 쓰라고 보냈는데."

"그건 유튜브에 올라갈 동영상에 넣을 거야. 그리고……
웃기지 않던데?"

"그래? 웃길려고 만든 건데."

이유는 모르겠지만, 보니와 로니의 표정이 조금 괴상해
진다.

그 뒤로 다시 미국에 오면 팀원들과 놀러오겠다는 말로
자리를 떠났다.

그렇게 사운드 팩트 건물을 빠져나와서 온새미로에게
전화를 걸었는데, 받질 않는다.

최재성에게도 했는데 안 받고, 구태환도 마찬가지다.

방송 중인가 싶었는데, 그건 아닌 것 같다.

방송 중이었으면 매니저가 받았을 테니까.

무슨 일이 있나 싶어서 고개를 갸웃하는데, 지잉 하며
전화가 걸려 왔다.

콜백이 왔다고 생각했는데, 아니었다.

발신자는 아직 한국에 있는 에디였으니까.

한데, 정말 이상하게도 갑자기 불안감이 엄습했다.

물론 별건 아닐 거다.

난 너무 오랫동안 살아왔고, 비슷한 상황과 비슷한 일

을 수도 없이 겪어 왔다.

그래서 온갖 데자뷰를 경험하며 살아가는데, 이 때문에 감정이 확확 바뀔 때가 있다.

지금도 그런 상황인 거다.

그런 생각을 하며 전화를 받았다.

"응. 무슨 일이야?"

-시온. 한국에 언제 들어와?

"내일 새벽에 비행기 탈 거야. 왜? 무슨 일 있어?"

수화기 너머가 고요하다.

한동안 이어지던 침묵을 견디지 못하고 입을 열려는데, 에디의 목소리가 들려온다.

-너희 친구들은 말하지 말라고 했지만, 알아야 할 것 같아서.

"뭘?"

-두 사람이 좀 다쳤어. 생명에 지장이 있는 건 아니지만, 가볍지도 않아.

"둘? 누구?"

-최재성, 그리고 온새미로.

\* \* \*

인생은 불확정성의 연속이다.

전혀 예상 못했던 일이 난데없이 벌어질 수 있으며, 확실하다고 예상했던 일들이 어이없이 엎어지는 걸 볼 수도 있다.

하지만 사람들은 막연히 자신에게는 불확정성이 발동하지 않을 거라고 믿는다.

예를 들자면 이런 거다.

한국에서 하루 평균 발생하는 교통사고는 650건이지만, 다들 나에게는 교통사고가 일어나지 않을 거라고 믿는다.

암 진단 판정을 받는 신규 환자는 하루 평균 700명이지만, 나는 그런 병에 걸리지 않을 거라고 믿는다.

근거는 없다.

그냥 믿는 거다.

하지만 회귀자인 나는 그럴 수가 없다.

아주 오랜 시간을 살며 소나기처럼 찾아오는 불확정성을 경험해 봤기 때문이었다.

난 나와 함께하던 팀원의 죽음을 경험해 본 적이 있다.

총에 맞아 죽은 사람도 있었고, 병에 걸려 죽은 사람도 있었고, 차에 치여 죽은 사람도 있었다.

다치는 경우는 더 많다.

공연 중에 부상을 입는 것도 봤고, 샤워하다가 미끄러져서 뼈가 부러지는 것도 봤다.

처음엔 죄책감을 느꼈다.

과연 이 사람이 나와 함께하지 않았어도 이런 일을 겪었을까?

아마 아닐 것이다.

운명 같은 건 없다.

영화에서 보면 병으로 죽을 사람을 치료해 놨더니, 똑같은 날 차에 치여서 죽곤 한다.

죽음이 예정되어 있다며.

하지만 현실에서는 그딴 게 없다.

병을 없앴으면 사는 거다.

그걸 확실히 깨닫고는 죄책감을 많이 누그러트렸다.

나와 함께해서 죽은 것도 불확정성이고, 나와 함께하지 않아도 불확정성 때문에 죽거나 다칠 수 있는 거니까.

여기에 내 잘못은 없다고 믿어야 회귀자로서 살아갈 수 있었다.

자기합리화였지만, 논리적으로 틀린 말도 아니라고 생각했다.

그러니 최재성과 온새미로의 부상 소식을 듣는 순간 떠오른 생각은 두 가지였다.

첫째로, 죽지 않아서 다행이다.

죽지만 않으면 얼마든지 좋은 날이 찾아올 수 있다.

세달백일이 벌어들인 돈이면 대부분의 병을 치료할 수

있고, 만약 돈이 부족하더라도 내가 도와주면 되니까.

두 번째로는 내 잘못이 아니다.

이기적인 생각이라는 걸 잘 알고 있지만, 언제나 이런 일이 발생하면 떨쳐 버리기 힘든 생각이기도 하다.

하지만 이렇게 생각하지 않으면 난 미안해질 거고, 그들은 영문을 몰라 불편해질 거다.

하지만…….

어쩌다가 다쳤냐는 질문에 날아온 에디의 대답은, 내 두 번째 생각을 무너트렸다.

-한국어를 몰라서 정확히는 모르지만…….

"말해. 뭐든 괜찮으니까."

-분위기상 미로의 부모님 때문인 것 같아.

"뭐?"

-정확한 건 아니야. 아닐 수도 있어. 그들이 너에게 말하지 말라면서 간단히 설명해 준 걸로 유추한 거야.

아니, 아마 맞을 거다.

상황이 그려진다.

온새미로는 그의 부모들이 가진 가장 값비싼 것이었는데, 그게 어느새 그들의 것이 아니게 되었으니까.

그 사실이 속을 끓게 만들었을 거고, 분노를 우려냈을 것이다.

그들의 삶이 시궁창이면 시궁창일수록 더더욱.

세달백일이 잘되면 잘될수록 더더욱.

온새미로의 영광을 자신이 누리지 못한다는 걸 참지 못하는 거다.

나는 그런 종류의 인간들을 많이 봐 왔고, 누구보다 잘 알고 있다.

그러니까…….

이 사고는 인재(人災)다.

나 때문에 벌어진 일이다.

내가 그들을 적절히 컨트롤하고 고삐를 조였으면 벌어지지 않았을 일이었다.

변명하고 싶다.

난 온새미로의 부모가 가진 리스크를 적법하게 처리하고 싶었고, 온새미로에게 의중을 물어본 적도 있었다.

하지만 온새미로는 다른 일은 몰라도 부모님의 일만큼은 스스로 해결하고 싶어 했다.

사이가 좋아진 순간도 있었던 것 같다.

어색해하면서 안부 문자를 보내는 모습을 본 적이 있으니까.

온새미로의 부모 같은 종류의 인간이 변하는 건 드문 일이지만, 하늘이 내린 자식과 부모니까.

그래서 가만히 있었다.

사고가 벌어질 확률이 있다는 걸 알고 있으면서도.

그러니 변명할 수 없다.

이건 내 탓이다.

-시온?

"……말해 줘서 고마워. 일단 공항으로 가야겠어."

-그래. 나도 전화를 끊으면 세달백일 친구들에게 말할 거야. 너에게 연락했다고.

"……혹시 얼마나 다친 건지는 알아?"

-음식은 먹을 수 있어. 사서 들고 가는 걸 봤어. 그 외에는 몰라. 미스터 서가 언론에 들어가지 않도록 케어하는 중이라서.

"그래. 그 정도라도 아니까 좀 낫네."

음식을 먹을 수 있다는 건 의식이 있다는 거고, 신진대사가 원활하다는 거다.

사고 직후에 링거로 영양을 공급해야 하는 상황이 아니면, 생각보다 멀쩡할 확률이 높다.

그렇게 믿어야 한다.

그런 생각을 하며 호텔에 들러 짐을 챙겼고, 곧장 공항으로 향했다.

사운드 팩트의 팟캐스트를 들었는지, HR 코퍼레이션과 컬러스 미디어의 관계자들에게 여러 통의 부재중 전화가 와 있었다.

하지만 콜백을 하진 않았다.

하더라도 온새미로와 최재성이 멀쩡한 걸 보고 해야겠다.

그렇게 도착한 공항에서 가장 빠른 한국행 티켓을 끊었다.

다행히 자리가 있다.

저가 항공 중에서도 최악의 싸구려 항공이고, 이코노미 중에서도 제일 나쁜 자리지만, 괜찮다.

당장 갈 수 있다는 거에 감사한다.

보딩을 기다리며 HR 코퍼레이션과 컬러스 미디어에 문자를 남겼고, 세달백일 단톡방에도 글을 올렸다.

지금 비행기에 탄다고.

하지만 아무도 글을 확인하지 않는다.

서승현 본부장에게 전화했는데, 전화기가 꺼져 있고.

한데, 탑승 수속을 밟으며 뒤늦게 한 가지 생각이 들었다.

온새미로의 부모는 왜 갑자기 행동했을까?

물론 그런 이들의 충동에 꼭 논리가 필요한 건 아니다.

하지만 난 온새미로의 부모를 만나 이야기를 나눈 적이 있었다.

최대호를 비롯한 누군가가 세달백일에게 불리한 행동을 요구하며 접촉해 온다면, 증거를 가져오라고.

큰돈을 주겠다고.

앞서 최대호가 우리 부모님의 기사를 터트리며, 온새미로의 부모님에게 충동질을 한 증거는 없었으니까.

더불어 정신적으로도 압박했다.

그들은 날 두려워한다.

거기서 끝내지 말고, 주기적으로 감시하고 만났어야 한다는 후회가 들지만, 어쨌든 최소한의 조치는 취해 놨다.

한데 왜 움직인 것일까?

정말 아무 이유 없는 단순한 충동인가?

설마 최대호일까?

그러나 최대호라고 생각하기엔 앞뒤가 안 맞는다.

최대호가 양아치이긴 하지만, 조폭이 아닌 사업가다.

지금까지 봐 온 최대호의 성정을 고려할 때, 그가 폭력을 사주할 거라는 생각은 들지 않는다.

만에 하나라도 사주할 거였다면, 확실한 금전적 이득이 있어야 한다.

하지만 지금 세달백일이 흔들린다고 해서 최대호에게 이득은 없다.

기분이야 좀 좋아질 수 있어도, 리턴에 비해 리스크가 너무 크다.

"……."

모르겠다.

정말 우연한 사고일 수도 있고, 생각보다 경미한 부상일 수도 있다.

특정 멤버의 부모가 특정 멤버들에게 부상을 입혔다는 정보의 민감성 때문에 과하게 통제 중일지도.

그런 생각을 하면서 모자를 푹 눌러썼다.

한국인으로 보이는 여행객들이 날 힐끔거리고 있는 게 느껴지니까.

\* \* \*

꿈을 꿨다.

꿈이라고 알 수 있는 건, 세달백일의 연습실에 로빈 체이스가 서 있었기 때문이었다.

로빈 체이스.

뉴욕에서 랩 듀오로 활동했을 때 함께했던 팀원이자, 커뮤니티의 사촌들에게 총에 맞아 죽은 친구.

랩스타의 흔한 엔딩이었을 지도 모르겠다.

미국의 래퍼들 중 총에 맞아 사망하는 이들은 정말 많으니까.

하지만 난 흔한 엔딩을 받아들일 수 없었고, 다음 회차에 로빈을 찾아가서 다시 팀을 결성했다.

"넌 대체 왜 내가 가족을 돕는 걸 죄악시하는 거야?"

예전 같을 수는 없었지만.
그런 로빈이 세달백일의 안무실에 서 있는 걸 보면, 이건 분명 꿈이 분명하다.
쾅쾅!
그때 안무실 문을 두드리는 소리와.
-문 열어!
누군가의 목소리가 들려왔다.
온새미로의 부모다.
그 순간 내 입이 열렸다.
"돕지 마."
문을 쳐다보던 로빈이 날 돌아본다.
"왜?"
"죽을 거니까. 더는 도와주지 않는다는 이유로."
"하지만……."
쾅쾅!
-문 열어, 이 새끼야!
로빈이 말한다.
"돕지 않아도 죽잖아?"
탕!
다시 한번 소음이 들렸다.

하지만 이건 문을 두들기는 소리가 아니라 총성이다.
깜짝 놀라 뒤를 돌아보니, 온새미로가 쓰러져 있다.
"온새미로!"
한데, 온새미로가 아니다.
분명 옷이나, 머리스타일은 온새미로인데 얼굴이 다르다.
"……."
이십대 초반으로 보이는 젊은 시절의 최대호였다.
아니, 자세히 보니 최대호도 아니다.
"내가 깝죽거리지 말랬지?"
페이드다.
한숨을 푹 내쉬고는 페이드의 머리를 걷어찼다.
급박한 상황이 지나고 나니, 다시 꿈이라는 걸 실감할 수가 있어서.
눈을 감았다 뜨니.
-우리 비행기는…….
창밖으로 인천의 야경이 보이는 비행기 안.
한국이었다.

\* \* \*

택시에 올라타 핸드폰을 켜니, 온갖 부재중 전화와 연락이 와 있었다.

가장 간절했던 병원 주소는 이온 형이 개인 톡으로 보내 놨다.

아직 기사가 나지 않았으니, 병원으로 오기 전에 매니저에게 전화를 하라는 당부와 함께.

당장 멤버들이나 서승현 본부장에게 전화를 걸려다가 새벽 4시라는 걸 깨닫고 멈칫했다.

차라리 잘됐다.

새벽이면 병원에 사람도 없을 거다.

매니저에게 전화를 하니 비몽사몽한 목소리로 받았고, 병원 주차장에서 대기하고 있겠다는 말을 들었다.

"네. 도착해서 다시 전화할게요."

인천을 빠져나와 서울로 향하는 택시가 굼벵이처럼 기어가는 것 같다.

답답함에 모자를 벗었는데, 다행히 택시 기사는 내가 누구인지를 모르는 눈치였다.

그렇게 한참의 시간을 달려 드디어 병원에 도착했고, 주차장으로 향했다.

전화를 할 필요도 없이, 주차된 차들 사이로 매니저가 끌고 다니는 밴이 보인다.

그때였다.

누군가 불쑥 내 앞으로 튀어나온 게.

반사적으로 팬이라 생각하고 반응하려는데, 팬이 아니

었다.

"시온아……."

온새미로였다.

다쳤다는 놈이 주차장에 있어서 쳐다봤는데, 멀쩡하다.

옷도 환자복이 아닌 일상복이었고, 기력이 하나도 없는 것 같은 느낌은 있지만, 행동에 제약이 있어 보이진 않는다.

말이 좀 어눌해서 혹시 머리라도 다쳤냐는 생각이 들었지만, 그건 아닐 거다.

그랬다면 며칠 만에 퇴원하고 돌아다닐 게 아니라, 중환자실에 누워 있겠지.

"너 괜찮아?"

"재성이가, 재성이가, 나 때문에……."

가슴이 철렁했다.

온새미로의 부모 이야기가 나와서 그런지, 막연히 온새미로가 크게 다쳤을 거라고 생각했었다.

한데 최재성이었다.

"최재성은? 어디 있어? 어딜 얼마나 다쳤는데?"

그러나 온새미로는 대답 대신 횡설수설 그날의 일을 재구성하기 시작했다.

갑자기 숙소에 찾아온 부모.

혼자 가기 무서워서 최재성과 함께 내려간 상황.

마땅히 이야기할 곳이 없어서 운전면허를 취득하고 구매한 차에 다 같이 태운 것.

그렇게 출발한 차에서 시작된 말싸움.

그리고…….

"잠깐."

궁금했던 일이고, 알아야 할 상황이긴 하다.

하지만 지금은 이게 중요한 게 아니다.

온새미로는 뭔가를 말하기 두려워서 말을 빙빙 돌리고 있는 거다.

결론에 단번에 닿을 자신이 없어서 도움닫기를 하며 주절거리고 있는 거고.

그래서 다시 물었다.

"최재성이 어딜, 얼마나 다쳤는지부터 말해."

한참의 침묵 끝에 온새미로가 간신히 입을 열었다.

"무릎이랑……."

괜찮다.

무릎은 척추랑 달리 수술 치료의 성공률이 높은 부위이며, 고기능 치료가 가능하다.

"팔이랑……."

마찬가지다.

온새미로가 멀쩡한 걸 보면 팔꿈치 뼈가 산산조각이 나는 수준의 사고는 아니었을 거다.

충분히 치료할 수 있다.

하지만 흐느끼며 이어진 온새미로의 말에 두 글자가 떠올랐다.

"……목."

"목을, 얼마나."

"어쩌면……."

말을 못할지도 모른다고.

머릿속에 떠오른 두 글자가 더 진해진다.

회귀.

\* \* \*

몇 번이나 생각했던 거지만, 세달백일 멤버들과 여기까지 도달한 건 신기한 일이다.

세달백일은 내가 뽑은 팀원들이 아니라, 우연히 만난 이들이다.

심지어 그 우연도 진짜 우연이 아니다.

그저 리얼리티 쇼 프로그램의 제작진이 쇼의 흥행을 위해서 선발한 이들이다.

처음에는 구태환을 제외하면 단 한 명도 내 마음에 드는 이들은 없었다.

최재성은 평범했고, 온새미로는 불안했고, 이이온은

불편했다.

 그나마 마음에 들었던 구태환도 미래가 기대됐을 뿐이지, 당시 기준으로는 썩 매력적인 팀원이 아니었다.

 그런 이들과 최대호의 손을 뿌리치고 독립했으며, 일 년을 넘게 동고동락했다.

 친구라고 부를 수 있게 됐으며, 마침내 성공을 이룩해 갔다.

 성공.

 그래, 성공이다.

 악마가 우리의 앨범 판매고를 얼마로 카운팅해 줄지는 알 수 없다.

 500만 장?

 넉넉하게 600만 장?

 운 좋게도 700만 장?

 하지만 뭐가 됐든 2억 장에는 턱도 없이 부족한 수치다.

 2억의 5%가 1,000만이니까.

 그럼에도 불구하고 내가 성공이라는 단어를 쓰는 건, 즐거웠기 때문이다.

 즐겁게 앨범을 팔았다.

 멤버들은 어땠을지 모르겠지만, 난 최대호의 압박이 별로 괴롭지 않았다.

 오히려 겪어 보지 않은 일을 겪는 것 같아서 새로웠으

며, 처음 가 보는 길을 가는 것 같아서 설렜다.

물론 이런 감정을 느낄 수 있었던 건, 멤버들이 좋은 사람들이었기 때문일 것이고.

3집 앨범을 기대하고 있는 지금, 우리의 행보는 성공이 맞다.

HR 코퍼레이션이 미국에 뿌리고 있는 씨앗과, 내가 바로 며칠 전에 사운드 팩트에 뿌리고 온 씨앗이 발아한다면 더더욱 그럴 것이고.

그래서 그럴지도 모르겠다.

원래의 나였다면 최재성이 다치는 순간, 최재성을 치료하기 위해 노력했을 것이었다.

그리고 치료할 수 없다면 4인 체제로 그룹을 바꿨을 것이었다.

하지만 지금은 최재성이 빠진 세달백일이 잘 상상 가지 않는다.

늘 그룹 내에서 역할이 없다는 불안함을 느끼다가 이제야 스님제에서 증명했고, 〈DROP〉으로 성공을 거뒀다.

바로 며칠 전에는 보니와 로니가 최재성과 내 목소리의 합이 좋을 것 같다는 이야기를 했고.

한데 여기서 우리 넷은 성공을 향해 달려가고, 최재성은 뒤에 남겨진다면······.

너무 잔인하지 않은가?

회귀자의 아이러니다.

만약 지금이 한 번뿐인 인생이라면 그럼에도 불구하고 세달백일은 나아가야 한다.

하지만 난 회귀자고, 모든 걸 돌릴 수 있다.

나에겐 그럴 힘이 있다.

"……."

다시 처음으로 돌아가서.

세달백일은 내가 뽑은 멤버들이 아니다.

내가 그들을 좋아했던 건, 무책임의 발로였을 수도 있다.

길고 긴 회귀의 여정 중 처음으로 가져 본, '인생을 책임지지 않은' 팀원들.

내가 선택해서가 아니라, 각자의 선택으로 내 옆에 서 있는 친구들.

그러나 회귀를 하게 된다면 이 명제는 부서지겠지.

난 다시 한번 세달백일을 만들려고 할 거고, 그들의 인생을 거머쥐려고 할 거다.

그리고 그건 지금의 세달백일과는 좀 다를 거다.

그럼에도 불구하고…….

그래야 할 것 같다.

최재성이 멀쩡하지 않다면.

* * *

"아니, 이게 무슨 일이래요."

"그러니까. 하늘도 참 무심하지."

"재성이처럼 연예인병 안 걸리고, 착한 애도 없었는데……."

최재성의 사고 소식이 오피셜하게 전달된 적은 없지만, 같은 회사에서 입단속이 될 리가 없었다.

덕분에 SBI 엔터테인먼트의 직원들도 며칠 째 뒤숭숭한 마음을 감추지 못하고 있었다.

그도 그럴 게, 최재성은 세달백일 멤버들 중 회사 직원들과 가장 가까운 이였다.

항상 웃는 얼굴이었으며, 싹싹했고, 직원들을 잘 대해 줬으니까.

물론 그렇다고 다른 세달백일 멤버들의 인성이 별로라는 건 아니지만, 최재성은 좀 남달랐다.

"그런 사고는 드라마에서나 나오는 줄 알았는데……."

"원래 연예인들이 기운이 남들보다 쎄잖아. 사주도 쎄다고 하더라."

"아직 기자들이 건수를 문 것 같진 않은데……. 시간문제겠죠."

"막아야지. 어떻게든."

그때 문이 열리며, 찬바람이 쌩쌩 부는 것 같은 표정의 남자가 들어왔다.

한시온이었다.

한시온은 최재성과는 다른 의미로 세달백일 멤버들 중 가장 남다른 멤버였다.

SBI 엔터의 실질적 주인이 한시온이라는 걸 모르는 사람은 없다.

회사를 설립할 당시 지분 비율을 맞췄기 때문에 멤버들 간의 지분 편차는 크지 않다.

대충 알려지기로는 한시온이 20%고, 나머지 멤버들이 15% 정도.

남은 40%는 이곳저곳 흩어져 있다고 했는데, 정확히 아는 사람은 없었다.

막연히 서승현 본부장이 몇 퍼센트 가지고 있고, 한국에서 원투 하는 대형 로펌의 최지운 변호사가 10% 미만의 지분 투자를 한 것으로 알려졌을 뿐이었다.

그러나 지분 비율과 무관하게 한시온에게는 위압감이 있었다.

다른 멤버들과는 가벼운 농담도 많이 나누는 직원들이지만, 한시온 앞에서는 몸가짐을 조심하기도 했고.

한시온이 특별히 뭔가를 하는 게 아님에도 말이었다.

그런 한시온의 얼굴에 냉기가 맴도는 데다가, 상황이

상황인지라 다들 일순간에 입을 다물 수밖에 없었다.

"팀장님들. 전부 회의실로 좀 와 주시죠."

한시온의 요구에 다들 분분히 자리에서 일어났고.

그렇게 도착한 회의실에서 한시온이 꺼낸 말은 몹시 당황스러운 것이었다.

"한 사람을 연예계에서 은퇴시키시면 정확히 연봉만큼 인센티브를 지급하겠습니다."

쇼 비즈니스란 바늘구멍을 두고 수많은 사람이 경쟁을 하는 곳이다.

가수나 배우 같은 플레이어들에게만 국한된 이야기가 아니라, 그들을 서포팅하는 기획사도 마찬가지다.

그렇다보니 전투 의지가 없는 이들은 높은 자리에 올라서지 못한다.

그리고 SBI 엔터의 팀장쯤 되면 높은 자리다.

회사 자체는 신생이지만, 구성원들은 전부 서승현 본부장이 직접 데려온 이들이니까.

그런 이들에게 월급도 아니고, 연봉만큼의 인센티브가 나간다?

눈이 빛나지 않을 수가 없다.

"한 명한테만 나가는 건가요?"

"아뇨. 모두가 힘을 합칠 거니까, 모두에게 인센티브가 나가겠죠."

"그게 누군가요?"

"페이드."

"……?"

뜬금없는 이름이었다.

직원들은 내심 최대호가 나올 줄 알았으니까.

하지만 이걸 반대로 말하면, 별로 어렵지 않다는 이야기기도 했다.

"이유는……."

"설명할 이유는 없습니다. 인센티브가 탐나면 그냥 하시면 됩니다."

"그렇게 일을 하면 소문이 날 겁니다. 라이언 엔터와 거의 전면전일 텐데요?"

"하시죠, 전면전."

"하지만……."

그렇게 되면 이들은 영원히 SBI 엔터에 뼈를 묻어야한다.

만약 SBI 엔터가 무너지기라도 한다면?

마땅히 취직할 곳도 없이 업계의 미아가 될 수도 있다.

더 비인간적이고, 더 공격적으로 일을 할 수 있음에도 연예기획사들이 서로의 사정을 적당히 봐주는 이유기도 했고.

그러나 한시온은 고개를 저었다.

"여러분의 안위와 보신은 챙기면서 하세요. 제 이름 팔아서."

전부 한시온의 탓으로 돌리라는 건데…….

페이드를 묻어 버리고 연예계에서 은퇴할 게 아니라면 이렇게까지 일을 할 필요가 없지 않은가?

팀장들은 그런 생각을 했지만, 한시온의 얼굴을 보고는 차마 묻지 못했다.

한시온의 얼굴이 너무 무서워 보여서.

자신들보다 족히 열댓 살은 어린 아이돌 가수를 보고 할 생각은 아니었지만.

"이후로는 전부 서승현 본부장님에게 보고해 주시고, 인센티브도 그분이 최종 결재할 겁니다."

"알겠습니다."

"진행하겠습니다."

다들 고개를 끄덕이는 수밖에 없었다.

\* \* \*

이상하다고는 생각했다.

한국으로 돌아오는 비행기에서 꿨던 꿈에 페이드가 등장하는 게.

보통은 개꿈이라고 생각할 수도 있겠지만, 난 좀 다르다.

나는 수많은 기시감과 데자뷰와 함께 살아가는 사람이다.

그만큼 겪어온 일들이 많기에, 내 무의식은 의식보다 더 날카롭다.

그래서 종종 의식하지 못했던 정보들이 꿈속에서 주어지기도 한다.

페이드가 어떤 수작을 부렸다는 구체적인 증거는 찾지 못했다.

하지만 하필 테이크씬 활동을 끝내고 한국에 들어왔었으며, 하필 온새미로의 부모가 사는 동네로 이동했으며, 하필 사건이 터진 뒤 해외로 나갔다.

각본을 써 보자면 몇 편이 나올 거고, 그 각본이 가리키는 방향은 모두 같다.

날 두려워하던 온새미로의 부모가 갑자기 움직인 이유로 유추하기는 충분하다.

아니, 사실 페이드가 이번 사건과 아무 관련이 없더라도 상관없다.

어차피 그 자식은 내가 없는 세상에서는 활동하지 않는 편이 낫다.

세달백일을 위해서라도.

테이크씬에게 미안한 마음이 들긴 하지만, 그건 보상해 줄 거다.

그리고 뭐, 조사해 보니 걔들도 페이드를 어마어마하게 싫어하더라.

환부를 도려내 주고, 보상도 해 줄 거니까.

이기적인 생각인 걸 알지만, 좋은 일을 해 줬다고 치려고 한다.

그 뒤로도 난 바빴다.

HR 코퍼레이션과 컬러스 미디어에 연락해서 당분간 미국 활동이 불가능하다는 이야기를 했다.

처음엔 좀 당황했지만, 사정을 설명하니 납득했다.

게다가 HR 코퍼레이션은 난감한 것 같았지만, 컬러스 미디어는 달랐다.

그들은 QG, 아니 ZION이 미국에서 당분간 사라져 있는 게 캐릭터 플레이의 완성이라고 생각하는 것 같았다.

관심이 없어서 깊게 모니터링하진 않았지만, 사운드 팩트의 팟캐스트는 미국에서 제대로 터졌다.

덕분에 HR 코퍼레이션은 1집 앨범인 TFD가 최고라고 소리치고, 컬러스 미디어는 2집 앨범인 STAGE가 최고라고 소리치고 있다.

물론 짖지 않는 개들일 뿐이긴 하다.

두 개가 으르렁거리면 사람들이 쳐다볼 거고, 그때를 틈타 그들의 지갑을 훔치려고 하는 거니까.

그래. 그렇게 돌아가는 게 쇼 비즈니스지.

"갑자기 웬 유언장입니까?"

"그냥요."

최지운 변호사는 유언장을 쓰겠다는 나의 말에 황당해했지만, 한편으로는 최재성의 사건을 알고 있었기에 그러려니 하는 것 같았다.

주변인들에게 안 좋은 일이 생기면 '나한테 그런 일이 생기면 어쩌지'라는 생각이 드는 게 인간이니까.

그리고는 곡을 미친 듯이 만들었다.

세달백일에게 어울릴 만한 곡들보다는, 멤버 개개인에게 어울릴 만한 곡들을 만들었다.

나도 어떻게 될지 모르고, 최재성도 어떻게 될지 모르니까.

물론 아직 100% 회귀를 확정 지은 건 아니었다.

최재성이 깨어나서 별 탈 없이 활동할 수 있다면 이 모든 건 해프닝이 되겠지.

유언은 감정 기복 때문에 오버한 거고, 작곡은 불안감을 창작 활동으로 해소한 거고, 페이드는…….

어떻게 되든 상관없지.

증거는 없지만, 이리 조사해 보고 저리 조사해 봐도 페이드가 온새미로의 부모를 만난 것 같았으니까.

그런 시간 속에서 언론과 팬들은 황당함을 느끼는 것 같았다.

〈STAGE〉가 대박을 넘어서 2000년대 이후 최고 판매량을 기록한 단일 앨범이 되려는 찰나.

세달백일이 모든 활동을 이유 없이 멈췄으니까.

심지어 팬들과의 소통도 없고.

몇몇 기자들이 건수를 물고 달려들어서 진실을 확인했지만, 그들은 기사를 내지 못했다.

우리가 최재성이 깨어날 때까지 엠바고(보도 제한)를 걸었기 때문이었다.

보통 엠바고가 100% 먹히는 건 아니지만, 요즘 언론사들은 우리를 무서워한다.

SBI 엔터의 한시온이 정신이 나가서 페이드를 묻어 버리려는 걸 모르는 이들이 없어서.

여기서 괜히 심기를 건드렸다가는 한시온의 정신병자 짓거리에 자신의 이름이 포함될 수도 있다는 위기감이 드는 것이었다.

그런 시간이 흐르는 중.

"……!"

최재성이 깨어났다.

\* \* \*

요즘 세달백일 멤버들의 분위기는 좋지 않았다.

사고를 당한 최재성이 의식을 못 차리고 있으니, 당연한 일이긴 하지만 개인의 감정을 따져 보면 상황은 더욱 심각했다.

온새미로는 최재성이 저리 된 게 전부 자신의 탓이라고 생각하고 있었다.

어쩌면 틀린 말이 아닐지도 몰랐다.

부모님이 방문했을 때, 룸메이트인 최재성에게 함께 가 달라고 부탁한 건 온새미로였다.

마땅히 이야기할 곳이 없어 차로 향한 것도 온새미로였고, 부모님과 말싸움을 이어 간 것도 온새미로였다.

그리고 마지막으로.

트라우마를 견디지 못한 것도 온새미로였다.

온새미로는 성인 남성이 욕설을 퍼부으며 위협적으로 구는 것에 대한 트라우마가 있었다.

유년기 시절에서부터 이어져 온 기억 때문이었고, 한시온도 이걸 알고 있었다.

과거에 촬영장 탈의실에서 페이드가 온새미로에게 욕설을 퍼부을 때 목격했으니까.

그러다가 사고가 났다.

큰 사고도 아니었다.

보통의 경우였다면 병원에 며칠 누워 있다가 보험금이나 타고 말았을 수준이었다.

하지만 최재성은 뒷좌석에서 행패를 부리는 온새미로의 부모를 말리기 위해 불안정한 자세를 취하고 있었다.

안전벨트를 제거하고, 상체를 일으킨 채로, 뒷좌석을 바라보는.

가장 큰 문제는 에어백이 터졌다는 것이었다.

에어백은 안전벨트와 함께할 때만 생명 구조 장치가 된다.

안전벨트를 차지 않은 상태에서 에어백이 터지면, 보통은 훨씬 큰 부상을 야기한다.

물론 에어백 덕분에 가장 위험한 머리와 허리는 다치지 않았지만…….

목이 다쳤다.

이후, 온새미로는 매일 그날의 일을 떠올리며 후회하고 있었다.

그 모습을 보고 있는 구태환과 이이온은 갈피를 잡지 못했다.

온새미로를 위로할 수 없다.

온새미로를 위로하면 최재성의 부상에 대한 짐을 내려놓으라는 것이니까.

그렇다고 온새미로를 무시할 수도 없다.

온새미로는 정말 괴로워 보였으니까.

결국 구태환과 이이온은 심적 괴로움에 동참하며 스스

로를 괴롭히고 있었다.

그 시간에 숙소에 있었다면 뭔가 달라지지 않았을까?

중요한 스케줄이 있었던 것도 아니고, 오랜만에 친구(구태환은 가족)를 만나러 나갔던 건데.

결국 그들의 잘못도 있지 않을까.

하지만 이런 세달백일 멤버들의 마음이 가장 크게 흔들리는 것은 한시온 때문이었다.

그동안 세달백일에게는 힘든 일이 많았다.

한시온은 대수롭지 않게 생각하는 것 같았지만, 사실 세달백일 멤버들은 최대호의 협박이 두려웠다.

그럼에도 불구하고 그들이 흔들리지 않았던 것은, 그 어떤 순간에도 한시온이 중심을 잡아 주기 때문이었다.

제 아무리 어려운 일이 있더라도 한시온과 함께라면 헤쳐 나갈 수 있을 것 같은 믿음.

어디서 이런 믿음이 오는지 스스로도 의아할 정도로 무조건적인 신뢰.

이것은 소속사라는 침대가 없는 세달백일에게 있어서 가장 폭신하고, 편안한 것이었다.

한데, 지금은 그게 없다.

이번 사건에 한시온의 책임은 없다.

그는 미국에 있었고, 똑같은 일이 백 번 일어나더라도 아무런 조치를 취할 수가 없다.

그럼에도 불구하고 그는 부서졌다.

SBI 엔터의 직원들은 그렇게 생각하지 않는 것 같았다.

한시온이 벌써 최재성이 아웃된 것을 기정사실화하고 곡을 쓰고 있으며, 이런 저런 대외 활동을 준비하고 있다고 말을 한다.

소시오패스가 아니냐는 말도 심심찮게 돌아다니고, 거기서 오는 스트레스를 악연으로 묶인 페이드에게 풀고 있다는 말도 많다.

한시온을 '인간'이 아니라 '대상'으로 여기는 회사의 직원들은 그렇게 여길 수도 있다.

아마 커밍업 넥스트 때부터 함께 긴 역사를 쌓아 오지 않았다면, 세달백일 멤버들도 그렇게 여겼을 것이었다.

하지만 그들은 인간 한시온을 알고 있고, 친구 한시온을 가졌으며, 진짜 한시온을 알고 있다.

한시온이 뭔가를 준비하고 있음은 틀림없으나, 그것은 최재성을 포기해서가 아니다.

도무지 포기할 수가 없어서 행동하는 것이다.

하지만.

"무서워……."

그게 세달백일 멤버들을 두렵게 만든다.

한시온의 행동이 꼭 끝을 고하는 것 같아서.

어쩌면 한시온은 최재성이 없는 세달백일을 상상조차

할 수 없어서 팀을 해체하려는 게 아닐까?

그러나 이에 대해서 물을 수가 없다.

그걸 묻는 순간 '최재성 없이도 세달백일로 활동하자'라는 의견을 어필하는 것 같아서.

세달백일은 수많은 일을 겪고, 극복해 왔지만 그건 팀으로서 겪었을 뿐이었다.

개개인은 이제 막 스무 살을 넘긴 소년들일 뿐이었다.

그렇게 소년들이 겁에 질린 상황에서, 최재성이 깨어났다.

\* \* \*

"……형들."

말을 한다.

다행이다.

적어도 인간 최재성이 사회에서 살아가면서 말을 못한다는 이유로 손해를 보는 일은 없겠구나.

그런 생각이 들었다.

하지만 동시에 의문도 든다.

가수 최재성은 존재하는가.

말을 하자마자 고통을 느껴 입을 다무는 게 보였으니까.

그러나 나만 이런 생각을 하는지, 세달백일 멤버들은 후다닥 최재성에게 달려갔다.

특히 온새미로가 최재성의 손을 잡고 펑펑 운다.

그렇게 안도의 시간이 끝나자, 최재성이 눈을 굴리는 게 보인다.

"부모님은 잠깐 집에 가셨어."

"아."

"곧 연락했으니, 오실 거야."

최재성이 고개를 끄덕였다.

거짓말은 아니었다.

최재성의 부모님은 사고 이후로 병실에 자주 왔고, 우리와도 인사를 몇 번 나눴으니까.

그들 역시 슬퍼했으며, 걱정했고, 기도했다.

하지만…….

일반적이지는 않았다.

그들의 기도가 닿는 최종 도착지가 최재성이 아닌, 본인들의 마음 같았으니까.

최재성이 일어나지 못하면 어쩌지가 아니라, 최재성이 일어나지 못하면 자신들의 죄책감은 어쩌지로 느껴졌으니까.

이런 걸 나만 느낀 것도 아닌 것 같았다.

구태환도 최재성의 부모님을 빤히 바라보는 시선이 곱

지 않았다.

하지만 일단은 기뻐할 때였다.

최재성이 말을 할 때마다 고통을 느끼는 것 같아서 핸드폰을 쥐어 줬고, 우리는 대화를 나눴다.

-시간이 얼마나 지났어요?

"일 년."

깜짝 놀란 최재성이 눈을 크게 떴지만, 이내 어처구니없는 소리를 꺼냈다.

-그럼 나 미성년자 아니네?

커밍업 넥스트를 시작할 당시.

최재성은 고3이었지만, 빠른년생이었다.

즉, 실제 나이로는 18살.

그러니 올해로 열아홉 살이었다.

평범한 사람이었다면 그래도 대학생이니 술도 먹고, 성인들이 즐길 거리는 즐기고 다녔겠지만…….

최재성은 유명하다.

당연히 감시의 시선이 깔렸고, 그걸 참 억울해했다.

아, 촬영할 때도 불편하다.

세달백일이 워낙 유명하다 보니까 방송국에서 야간 촬영을 깐깐하게 굴어서.

얼마나 그게 사무치게 억울했으면 눈을 뜨자마자 저런 소리를 하고 있는 거지.

그래서 진실을 말해 줬다.
"거짓말이야. 5일밖에 안 지났어."
배신감 가득한 표정을 짓던 최재성이 마른손으로 정성스레 모음을 만든다.
-ㅗ
모두에게서 나지막한 웃음소리가 흘러나왔다.
그 뒤로 한참 이야기를 나누던 우리는 온새미로와 최재성만 남기고는 병실을 빠져나왔다.
두 사람이 할 이야기가 많은 것 같아서.
하지만, 병실을 빠져나오는 순간부터 내 표정은 어두워졌다.
느낌이 안 좋다.
몇 가지 징후들이 보이는데, 긍정적이지 않다.
하지만 난 의사가 아니니, 틀릴 수도 있다.
아마 틀릴 거다.
그렇게 믿어야 한다.

\* \* \*

조금 더 관찰해 봐야겠지만, 예후가 좋습니다.
영영 말을 하지 못하게 될 가능성이 높았는데, 그 단계는 면한 것 같군요.

한동안은 성대에 압력을 가하는 모든 행위를 엄금해야 합니다.

덩어리가 큰 음식을 삼켜도 안 되고, 탄산음료도 안 되고, 물도 가급적 빨대로 살살 마실 수 있게 도와주셔야 합니다.

시간이 꽤 걸리겠지만, 데미지를 입기 전으로 돌아갈 가능성도 있습니다.

글쎄요. 막성성대에 데미지가 있긴 하지만, 성대결절과는 결이 많이 다릅니다.

결절은 결국 낭종이지만, 해당 환자의 경우에는 골절로 인한 구개열 전반의 손상이라고 봐야합니다.

부러진 뼈를 빨리 붙이는 수술이 없는 것처럼요.

네? 그건 불가능하죠.

사람이 소리를 내면 성대가 초당 1,000번까지도 진동합니다.

노래는 더하죠.

그 와중에 쓰이는 발성 기관이 한두 곳이겠습니까?

6개월 후에 예후를 살펴봐야지 정확한 이야기를 할 수 있을 것 같습니다.

글쎄요. 섣불리 말씀드리긴 힘들군요.

그래도 가능성이 없는 것도 아니고, 3~4개월이 지나면 일상생활에 심각한 지장을 끼치진 않을 겁니다.

최소한 1년은 지켜봐야지 정확한 말씀을 드릴 수 있겠네요.

\* \* \*

엠바고가 풀리고 기사가 나갔다.

그사이, 최재성을 제외한 세달백일 멤버들이 모여 술을 마셨다.

아마 기쁨 반, 슬픔 반의 술자리인 것 같았다.

기쁨을 느끼는 건, 최재성이라는 사람이 무탈하다는 것.

의사의 말을 100% 이해하진 못했지만, 결론은 간단하다.

사람의 다리가 부러지면 그게 붙을 때까지는 다리를 쓸 수 없다는 것.

하지만 붙으면 다시 사용할 수 있다는 것.

슬픔을 느끼는 건, 최재성이라는 가수가 위태롭다는 것.

다리가 다 붙어도 이전처럼 달릴 수 있다고 확신할 수 없으니까.

특히 노래라는 게 성대에 데미지를 많이 주기에, 멀쩡한 사람도 성대결절에 걸리는 거니까.

그런 애매한 분위기 속에서 우리는 처음으로 '다음'에 대한 이야기를 나눴다.

"개인 활동을 좀 해야 할까? 팀으로 활동하고 싶진 않지만, 완전히 잊혀져서도 안 되니까. 우리가 수익이 없으면 회사가 적자인 거잖아."

"시온이는 이참에 프로듀싱 좀 하는 건 어때? 네가 왜 외부 곡 활동 안 하는지 맨날 문의 들어오잖아."

"괜찮을 거야. 재성이는 운이 좋은 사람이니까."

"아, 참. 미국에서는 어땠어?"

그렇게 우리는 쉬지도 않고 이런저런 이야기를 나누었다.

진짜 미래에 대한 기대를 갖고 있기 때문은 아니었고, 현재보다는 미래를 쳐다보는 게 편하기 때문이었다.

나도 그 분위기에 끼어서 이런저런 이야기를 했고, 평소라면 하지 않았을 농담도 던졌다.

그리고, 오랜만에 취했다.

평소에는 취하더라도 벽을 쌓아 놓고 취하는데, 이번엔 벽을 허물었다.

"생각해 보면 처음 이온 형 음색 듣고 얼굴값 한다고 생각했었는데."

"얼굴값? 왜?"

"아니, 얼굴도 주인공인 사람이 음색도 주인공이여야만 하니까."

"진짜 그렇게 순한 문장으로 평가했다고?"

"……."

"솔직한 워딩을 꺼내 봐. 뭐라고 생각했어?"

"……쓰레기?"

"야이 씨!"

"그럼 나는? 나는?"

"불안한 찐따."

"난?"

"노력하겠습니다?"

"그건 네가 좋아해서 해 준 거라니까?"

"웃기지 마."

그 뒤로는 제각각의 술버릇이 나왔다.

이이온은 늘 그렇듯 열정적으로 청소를 했고, 온새미로는 늘 그렇듯 울었고, 구태환은 사람들을 관찰했다.

청소를 하다 지쳐 이이온이 잠들고, 울다 지쳐 온새미로가 잠들었다.

그때까지도 구태환은 날 빤히 쳐다보고 있었다.

"뭐? 왜?"

"어디 가게?"

"숙취해소제 좀 사 오게."

"그런 의미가 아닌데……."

"편의점 간다고."

"모자 써."

"필요 없어."

그렇게 자리에 일어났다.

어느새 멀쩡해 보였던 구태환도 앉은 채로 잠들어 있었다.

피식 웃고는 숙소를 빠져나왔다.

그리고는 골목을 빠져나와, 길을 지나, 대로를 통과해 사거리에 도착했다.

부아아아아앙!

아직은 평범한 사거리다.

하지만 눈을 감았다가 뜨면······.

비일상의 장소로 바뀔 것이다.

\* \* \*

1회차······.

아니 0회차라고 불러야 할까.

뭐라고 부르든 무한회귀가 시작되기 전의 나는 평범한 가수 지망생이었다.

1940-50년대의 블루스 명곡들과 1980-90년대의 록 밴드 음악을 플레이리스트에 넣고 다녔으며, 독특한 감성의 한국 인디 밴드들을 좋아했다.

힙스터병에 걸려서 대중음악은 전부 쓰레기라는 폄하

를 하고 다녔으며, 내 재능이 정말로 뛰어나다는 착각으로 천재 취급을 받고 싶어 했다.

그러면서도 마음속 한구석에는 스타가 되고 싶은 열망이 있었고, 사람들이 날 알아주길 원하는 관심종자 기질도 있었다.

이제는 얼굴도 기억이 안 나는, 홍대에서 함께 음악을 하던 음악가들처럼.

그러니 난 평범한 가수 지망생이었다.

그래서 항상 궁금했다.

만약 무한회귀란 저주가 찾아오지 않았다면, 난 어떤 삶을 살았을까?

홍대에서 배고픈 음악을 하다가 쫓기듯이 군대를 가고, 군대에 다녀와서 정신을 차렸을까?

그래서 음악인이 아닌 평범한 사회의 구성원이 되어서 살아갔을까?

어쩌면 보다 못한 부모님이 음악 학원이라도 하나 차려 주셨을지도 모르겠다.

재수 없는 소리라는 걸 알지만, 우리 부모님은 부자였으니까.

그게 아니라면 스테이지 넘버 제로 같은 오디션 프로그램에 출연해서 가수 생활을 시작했을 수도 있을 것 같다.

지금 1회차인 나를 보면 부족한 실력에 한숨이 나오겠

지만, 그래도 못 들어 줄 수준은 아니었을 거다.

정말 그랬다면 2회차에 스테이지 넘버 제로에서 준우승을 차지하지 못했겠지.

내 준우승은 부모님과 관련된 동정 여론이 팽배한 덕분이었지만, 그래도 기본은 했으니 준우승을 한 거다.

다시 생각해 보면, 어떤 고난이 있어도 음악을 포기했을 것 같진 않다.

빌빌 기면서도 계속 그 길을 걷다가 대중성과 적당히 타협했을 것 같다.

친구들과 삼겹살에 소주를 마실 때면 버릇처럼 대중음악은 다 쓰레기라고 했지만, 사실 좋아하는 대중음악들이 꽤 많았으니까.

그래, 그런 삶을 살았을 것 같다.

하지만…….

이런 모든 가정은 의미가 없다.

이제 '한시온'이라는 존재에게 있어서 회귀는 빼놓을 수 없는 요소가 됐다.

나는 늘 다시 시작했다.

1회차는 인디 감성으로 스타가 될 수 없다는 걸 절실히 깨닫고 대중성의 중요성을 인정하는 회차였다.

2회차 때는 스넘제의 준우승을 차지해 반짝 스타가 됐지만, 이미지가 중요하다는 걸 깨닫는 회차였다.

내가 어떤 노래를 내도 사람들은 우울함과 애잔함을 느꼈으니까.

그렇게 회차를 반복하다가 포더유스라는 아이돌 그룹에 도전했고, 팀원들의 중요성을 깨달았다.

대부분의 인간들은 저열하고, 향상심이 없다.

그런 이들은 나와 함께할 수 없다는 아픈 깨달음을 느꼈다.

그 뒤로는 한국 시장만으로는 답이 없다는 생각에 일본과 중국의 문을 두드렸고, 마침내 미국으로 향했다.

기회의 땅인 미국은 결코 기회를 쉽게 내어 주는 곳이 아니었으며, 동양인이 매스 미디어의 스타가 되는 건 쉽지 않은 일이었다.

배우야 '동양인'만 할 수 있는 역할들이 있지만, 가수는 그런 게 없으니까.

내가 뭘 하든 굳이라는 수식어가 붙었다.

노래를 잘 하는 건 알겠지만, 굳이 밴드의 얼굴 마담이 동양인일 필요가 있는가.

제법 재능 있는 건 알겠지만, 굳이 그 정도 돈을 들여서 R&B 앨범을 내줘야 하는가.

그 뒤로는 '굳이'라는 단어를 떼기 위해 압도적인 실력을 갖기 위해 노력했다.

그런 시간이 흐르며 무수히 많은 이들을 만났고, 상처

주고, 상처받았으며, 기억하는 동시에 잊어버렸다.

내 삶은 너무나 길었고, 인연은 찰나였다.

그 찰나에 매몰되기에는 내가 걸어가야 할 길의 끝이 보이지 않을 정도로 멀었으니까.

그렇게 백 년인지, 이백 년인지, 어쩌면 그보다 더 됐을지 모르는 시간들을 보내고 GOTM을 결성했다.

자신이 있었다.

그동안 쌓은 노하우와 실력, 미래 지식, 트렌드의 흐름들을 전부 고려해서 만든 팀이었다.

어떻게 보면 그동안의 모든 삶을 실험일 뿐이었고, GOTM의 삶이 첫 번째 도전이었다.

그러나 GOTM 역시 실패했고, 난 불시착하듯이 한국에 남았다.

미국에서 다시 도전할 자신이 없었다.

할 수 있는 모든 걸 투입한 GOTM이 끝나 버린 이상, 난 텅 빈 사람이었으니까.

그렇게 텅 빈 몸 안에 생각지도 못했던 친구들이 들어왔다.

세달백일.

이현석 대표의 말을 빌려 '쓰레기 같은 프로그램'인 커밍업 넥스트에서 조우한 이들.

내가 타인의 삶을 책임지지 않았다는 자유로움을 느끼

게 해 준 이들.

 그러면서도 그 어떤 팀원들보다 날 믿고 따라 줬으며, 높은 향상심을 품은 이들.

 좀 우스운 점은, 1회차의 나였다면 세달백일을 별로 좋아하지 않았을 거란 거였다.

 원래 내 성격이 어땠는지 선명한 건 아니지만, 확실한 건 모범생 스타일을 싫어했다.

 자고로 록스타라면 사고도 좀 치고, 반항도 해야 한다고 생각하던 치기 어린 시절이었으니까.

 그러니까 내가 세달백일을 좋아하게 된 것은 회귀 때문이다.

 그러니까 한시온이란 존재에서 회귀를 빼 버리면 제대로 설명할 수 있는 것이 아무 것도 없다.

 그러니까 지금 내가 할 수 있는 가장 최선의 수단은 회귀다.

 그러니까…….

 단 한 번도 의심해 본 적이 없었다.

—빠아아아아앙!

 내가 회귀를 할 수 없는 경우의 수에 대해서는.

-야 이 새끼야! 너 미쳤어?


 사거리의 중앙에 서있는 날 목격한 차량의 주인들이 클랙슨을 울리고, 욕을 내뱉는다.
 그들은 날 보고 있다.
 공간이 무너지지 않았으며, 색이 번지지도 않았고, 비일상의 냄새가 풍기지도 않는다.
 이곳 사거리는 여전히 인간들의 사거리로써 존재한다.
 악마의 사거리가 아니다.
 뇌가 정지한다.
 대체……
 왜?
 회귀를 하지 않으려고 발버둥을 친 적은 많다.
 하지만 그 끝은 모두 무의식적인 회귀였다.
 나의 회귀 규칙은 간단하니까.

-포기하면, 회귀한다.

 포기는 정말 쉽다.
 회귀 회차가 많아질수록 점점 그래 왔다.
 이성적으로는 사소한 일이라고 생각했지만, 감성이 실망하고 포기해 버리는 경우는 수도 없다.

그래서 GOTM의 끝을 고할 때 너무 힘들었다.

내가 실수로 회귀를 해 버릴까 봐.

잊혀져 버린 시간까지 따지면 나와 수십 년을 함께한 친구들의 끝을 고하는데, 그래미는 타고 싶었다.

그래서 거의 안 잤다.

도저히 견디지 못하고 잠을 잘 때도 우리의 좋았던 추억들이 담긴 동영상을 틀어 놓고 잤다.

내 무의식을 컨트롤해서 포기하지 않으려고.

그렇게 버틴 시간이었고, 수상하지마자 회귀를 했다.

그만큼 나에게 포기는 쉽고, 회귀도 쉽다.

하지만.

―빵빵!

위험하다며 클랙슨을 울리며 스쳐 지나가는 차들은 사라질 기미를 보이지 않는다.

내가 포기를 하지 못한 건가?

세달백일으로 2억 장을 팔 수 있다고 믿고 있는 건가?

그게 아니라면, 모든 추억이 사라진 시간선 안에서 세달백일을 만나는 걸 두려워하고 있는 건가?

비죽 비웃음이 나온다.

그렇게 버티고 싶을 때는 회귀를 당했는데, 이제 와서?

그래, 인정할 수는 있다.

어쩌면 난 이 사실을 알고 있었을지도 모른다.

생각해 보면, 내 서프라이즈 생일 선물을 위해서 세달백일 멤버들이 날 속이던 순간이 있었다.

그때 난 실망했지만, 회귀를 하진 않았다.

이상한 일이다.

평소의 나라면 그것보다 훨씬 가벼운 일에도 '자칫 잘못하면 회귀할 수도 있겠다'라는 위기의식을 느끼곤 했다.

그러나 그 순간은 아니었다.

그냥 세달백일 멤버들에게 서운할 따름이었지.

하지만 그렇다고 내가 회귀를 할 수 있는 방법이 없는 건 아니다.

\* \* \*

지금까지 내가 악마를 만난 회수는 총 세 번이다.

첫 번째 만남은 계약할 때.

악마가 부모님의 목숨을 담보로 나를 닫힌 시간선으로 집어던진 순간.

무한회귀가 시작되었던 순간이다.

두 번째는 멘탈이 완전히 나가 버렸을 때였다.

절망을 떨쳐 내지 못하고 무의식적인 회귀를 반복하고 있을 때, 악마가 내 눈앞에 나타났다.

악마는 세상 그 무엇보다 두려운 존재였지만, 당시의 난 두려움보다 분노를 더 크게 느꼈다.

그래서 화를 냈다.

이딴 계약이 존재하는 이유에 대해서 논리적으로 설명 해달라고.

정말로 내 영혼을 농락하는 게 아니라면, 내 이성으로 납득시켜 달라고.

[이제 세상은 죽음의 앞뒤에 놓인 인간들이 굴리는 물레가 아니다.]

[재화의 높낮이에 아우성치는 이들이 흔드는 풍차다.]

[세상 무엇과도 교환할 수 있는 재화로 누군가의 한순간을 소유하려 든다면 그것이 공양이며, 숭배고, 정복이다.]

[나는 가치의 교차로에 서서 그것에 속박된 욕망을 탐닉할 뿐이다.]

어이없지만, 난 악마의 말을 납득하는 순간 마음이 꽤 편해졌다.

적어도 대적할 수 없는 존재가 날 멸시하고 농락하려는 건 아니구나.

악마도 내가 성공하기를 바라고 있구나.

마지막 세 번째는 떠올리고 싶지 않다.

앞서도 몇 번이나 악마와의 만남을 떠올린 순간이 있었지만, 세 번째는 떠올리지 않았다.

그때의 기억을 생각하는 것만으로도 회귀 우울증과 끔찍한 자기혐오감이 기어 올라오니까.

하지만 난 지금 세 번째 방법을 택할 것이다.

세 번째 방법은······.

스스로 목숨을 끊는 일이다.

\* \* \*

망각하려 노력하지만, 생생하다.

너무 지치고 힘들어서, 더는 살고 싶지 않아서, 병원에 방문해서 부모님의 잠든 모습을 보았다.

오 년이란 시간이 지났지만, 부모님은 조금도 늙지 않으셨다.

시간이 멈춰 있었으니까.

병원에서는 이런 케이스를 처음 본다며 연구를 하고 싶다고 수도 없이 연락을 취해 왔지만, 전부 거절했다.

그렇게 내 마지막 기억과 똑같은 부모님을 멍하니 바라보다가.

"……."

병원 옥상으로 올라갔다.

왜 그랬는지는 모르겠지만, 시원하게 노래를 하나 불렀다.

그리곤 뛰어내렸다.

무한회귀를 끝내기 위해서.

그때 알았다.

닫힌 시간선에 갇힌 건 내 정신과 부모님의 목숨뿐만이 아니었다는 걸.

내 목숨 역시 거기에 갇혀 있었다.

그러니 난 죽을 수조차 없다.

빠아아아아아아앙!

화물 트럭의 거대한 클랙슨 소리와 헤드라이트의 빛이 날 두드린다.

소리와 빛.

이어질 거대한 충격이 저절로 상상된다.

하지만 그 순간, 형용할 수 없는 거대한 존재감이 느껴지며 소리가 뒤로 물러난다.

동시에 빛이 산란한다.

소리와 빛이 물병에 떨어진 잉크처럼 나풀거리며 번지

더니, 이윽고 세상이란 도화지에 섞여 들어간다.

일상의 공간이 비일상의 공간으로 바뀌어 간다.

사거리를 스쳐 지나가는 차는 더 이상 없다.

나를 향해 달려오던 트럭도 없고, 트럭을 향해 몸을 던진 순간도 없다.

그 대신, 다른 것이 있었다.

사거리, 혹은 교차로.

그것들이 상징하는 모든 선택과 갈림의 순간을 관장하는.

[실망하였으나, 포기하지 않았다.]
[절망했으나, 좌절하지 않았다.]
[그저 괴로움을 알아 달라고 어린아이처럼 투정을 부리고 있을 뿐이다.]
[돌아가라.]
[허락되지 않은 순간은 염탐하는 대신.]

사거리의 악마.

사거리의 악마가 나타난 순간, 머리가 타들듯이 아파 오기 시작했다.

눈알부터 시작된 통증이 온몸의 장기로 퍼져 나가고, 몸 전체가 터질 것처럼 부푸는 것 같다.

인간의 인지 범위를 뛰어넘는 '아득함'을 목격했기 때문이다.

처음 겪는 일도 아니다.

첫 번째와 두 번째 만남은 악마가 자의로 내 눈앞에 나타났다.

그러니 악마는 날 배려했다.

내가 미쳐 버리지 않도록 존재감을 낮췄고, 내 인식 범위를 침범하지 않으려 노력했다.

그렇지 않으면 내가 죽어 버릴 수도 있으니까.

하지만 세 번째와 지금의 네 번째는 다르다.

내가 목숨을 끊는 트리거 때문에 등장한 사거리의 악마는 날 배려하지 않는다.

할 수 없다기보다는, 내 행동이 마음에 들지 않아서 하지 않는 것 같다.

어찌됐든 극심한 두통은 피할 길이 없다.

하지만 고통보다 더 큰 화가 치솟았다.

악마의 말이 머릿속을 헤집는다.

실망하였으나 포기하지 않았다고?

절망하였으나 좌절하지 않았다고?

웃기지 마라. 난 좌절하고 포기한 거다.

그동안 내가 얼마나 많은 가수를 만나고, 관찰했는지는 아무도 모른다.

최재성은 원래의 상태로 돌아오지 못할 거다.

성대결절에 걸리고 원래대로 돌아오는 가수를 본 적이 없는데, 최재성은 그보다 더 심한 부상이다.

물론 의사의 말처럼 잘 치료가 된다면 일상생활에는 지장이 없고, 노래를 부를 수도 있게 될 것이다.

하지만 지금 최재성이 보여 주는 퍼포먼스를 재현할 수는 없다.

심지어 신체 컨디션이 멀쩡해져도, 심리적인 문제가 발생할 확률이 높고.

나도 성대결절에 걸려 봤다.

그리고 회귀자임에도 불구하고 한동안 극복하지 못했었다.

그럼에도 불구하고 일 년, 어쩌면 그 이상을 기다릴 수는 있다.

최재성이 치료를 받을 동안 남은 세달백일 멤버들과 활동을 할 수는 있다.

하지만 그게 정말 좋은 일일까?

멤버들이 제대로 된 향상심을 발휘할 수 있을까?

최재성은 부러울 거고, 멤버들은 그리울 거다.

그리움은 마침내 미안함이 될 거고, 성공은 달지만은 않을 거다.

그러면 난 삶을 이어 갈 이유가 희미해질 거고, 세달백일 때문에 고통을 받을 거다.

 감정적으로는 그들의 선택을 이해하겠지만, 회귀자라는 나의 특수성은 그 감정에 어울리지 않으니까.

 모순이다.

 난 서로를 위하는 친구들의 마음에 치유를 받았지만, 그 마음 때문에 목표를 이루지 못하게 된다.

 그 끝은 아마 파국일 것이다.

 누군가는 이런 내 생각이 피해망상이자, 완벽에 대한 집착이 가져온 일반화의 오류라고 생각할 거다.

 뭐, 그럴 수도 있겠지.

 하지만 그러니 더더욱 난 지금 회귀를 해야 한다.

 평행선을 끝까지 달린 다음에 회귀를 해서는 세달백일과 다시 함께 팀을 꾸릴 수 없다.

 난 그들이 좋다.

 내 성공의 끝에 모두의 행복이 남아 있으면 좋겠다.

 최재성만 불행하고 아쉬운 성공은 바라지 않는다.

 그러니 내 회귀는 정당하다.

 악마는 날 회귀시키는 존재지만, 그 선택까지 제한할 수는 없다.

 "------!"

 "-----!"

 내가 뭐라고 소리를 질렀는지 모르겠다.

혀가 제대로 움직이는 것 같지도 않았고, 깨질 것 같은 두통 때문에 단어를 제대로 고른 것 같지도 않았다.
하지만 소리를 질렀다.
내가 어떤 마음인지.
그리고, 악마는 내 말을 들은 것 같았다.
굳이 말이 필요한 존재가 아니니까.
그 순간, 온 세상을 뒤덮는 아득함이 점차 사라지기 시작했다.
그리고 난 처음 보는 광경을 목격했다.

[투정이 지나치군.]

악마가 인간의 모습을 하고 있었다.
태어나서 처음 보는 얼굴이었지만, 어딘지 익숙한 얼굴.
자세히 보니 악마의 얼굴에 모든 세달백일 멤버들의 외양이 조금씩 깃들어 있었다.
이이온, 구태환, 온새미로, 최재성.
심지어 내 모습도 보인다.
내가 그 모습을 빤히 보고 있는 걸 느꼈는지, 악마가 입을 연다.
[대화를 할 여유가 생겼나?]
역시 인간은 참으로 단순한 존재다.

눈앞의 존재가 악마라는 인식은 변함이 없지만, 인간의 모습을 하고 있으니 마음이 편해진다.

"왜 그런 모습을……."

[내가 정한 게 아니다. 네가 날 부른 이 사거리에서 가장 강한 사념의 덩어리로 현현했을 뿐이다.]

이성이 돌아오는 순간, 확인해야 할 것이 생겼다.

난 회귀를 결정했지만, 만에 하나라도 최재성이 100% 원래대로 돌아올 수 있다면 회귀할 필요가 없다.

난 확신하지만, 내 확신이 틀렸을 가능성이…… 있을 수는 있으니까.

"최재성은 어떻게 되는 거지?"

[상관없다.]

"뭐?"

[그가 어떻게 되든, 네가 걸어가야 할 길에는 변함이 없다는 것이다.]

"원래대로 돌아올 가능성이 없다는 건가?"

[원래라는 개념은 교차로에 어울리지 않는 것이지만……. 네 관념대로의 '원래'를 묻는 거라면, 가능성은 없다.]

맥이 풀렸다.

악마의 등장을 예견했으니, 악마가 미래를 알려 줄 수 있다는 생각도 했다.

하지만 역시 내 추측이 정확했다.

확실한 선고다.

"그렇다면 회귀하겠어."

[불허한다.]

"어째서지?!"

[…….]

악마는 한동안 침묵했다.

악마의 침묵은 인간의 침묵과는 달랐다.

시공간이 무너진 사거리에서 악마가 침묵하자, 싸늘한 냉기가 온 세상을 뒤덮는다.

마치 이곳에 생명체는 존재하면 안 된다는 듯 나를 배척한다.

다시금 깨달았다.

내가 이 사거리에서 존재할 수 있는 건, 악마와 계약을 했기 때문이라는 걸.

그때 악마가 입을 열었다.

[원래대로라면 규칙에 어긋나는 일이지만……. 또 그것을 어겨도 괜찮을 만큼의 가능성을 쌓았군.]

"가능성?"

[이전의 만남에서 나와 나눴던 대화를 기억하는가?]

당연히 기억한다.

난 악마에게 내 성공 확률이 몇 퍼센트쯤 되는지를 물었다.

악마의 대답은 의외였다.

[100%]

시간의 시련을 견딜 수 있다면 무조건이라고 했다.
물론 시간의 시련을 쉽게 견딜 수는 없겠지만, 그 말은 나에게 희망을 품게 했다.
[그때 언급된 '시간'은 모든 회차를 아우르는 것이 아니다.]
"뭐?"
이게 무슨 말이지?
악마가 말한 시간이 모든 회차를 아우르는 게 아니라고?
회귀를 거듭하면서 견디란 뜻이 아니라고?
그럼?
그 시간이 뭔데?
[그 질문에 대한 대답은 다른 방식으로 해 줄 수밖에 없다.]
[넌 회귀 규칙에 지나치게 얽매여 있다. 단 한 번이라도 성공의 규칙에 대해서 탐닉해 본 적이 있나?]
성공의 규칙?
규칙은 간단하지 않나?
2억 장을 파는 것.

빌어먹게도, 피지컬 앨범만으로.

하지만 그 순간, 뭔가 실마리가 잡힐 것 같은 느낌이 들었지.

뭐지?

조금만 더 깊이 생각해 보면 뭔가를 깨달을 것만 같다.

하지만 악마가 전달하는 새로운 의념이 나를 뒤흔들었다.

[원한다면 동료가 사고를 당하기 전의 시간으로 돌려줄 수 있다.]

"뭐?"

[하지만 그렇게 되면 그의 시간은 너에게 귀속되게 되지.]

악마의 설명은 간단했다.

최재성이 나와 함께 회귀를 하게 되는 것이다.

하지만 주도권은 온전히 나에게 있다.

즉, 내가 회귀를 하면 최재성의 삶이 어땠는지와 무관하게 계속 회귀를 하게 된다는 것이었다.

그건 말도 안 된다.

내 의지로 벌어지는 회귀조차 이렇게 괴로운데, 타인의 의지에 따라서 삶이 끝나야 한다고?

절대 벌어져서는 안 될 일이다.

"목표량을 3억 장으로 올리고 최재성을 치료해 주는 방법 같은 건······."

[불가능하다. 목표량은 정량으로 설정된 것이 아니다. 관념이다.]

악마가 나에게 힌트를 준다는 느낌이 들었다.

정량이 아닌 관념······.

회귀 규칙보다 중요한 성공 규칙······.

[너무 많은 걸 알려 줬군.]

"아직······."

[나는 너를 조롱하는 존재가 아니며, 시험하는 존재도 아니다.]

인간은 한 개체의 개미에게 몰입해서 증오나 분노를 불태우지 않는다.

관념적으로 차원이 다른 존재이기 때문이다.

어쩌면 악마도 마찬가지일 수도 있다.

이 생각은 아주 오랫동안 해 왔던 것이고, 자기방어적인 생각이었다.

악마가 날 농락하고 있다고 생각하지 않기 위해서.

어쩌면 악마는 지금 그 답을 내려 주는 것일 수도 있을 것 같다.

[돌아가라.]
[돌아가라.]

[돌아가라.]
[너는 포기하지 않았다.]
[너는 포기하지 않았다.]
[너는 포기하지 않았다.]

그 순간, 교차로의 공간의 깜빡거리기 시작했다.
쉼 없이 번져 가던 색의 진동이 멈췄으며, 소리가 사라진다.
그 허무의 공간으로 악마의 마지막 의념만이 진동한다.
이윽고 난 교차로에서 튕겨져 나왔다.

\* \* \*

꿈인 것 같다.
끝난 지 한참이 된 커밍업 넥스트의 공간이었으니까.
정확히 말하자면, B팀 선발전의 1차전이었다.
내가 웨이프롬플라워의 데뷔곡을 〈낙화〉로 바꿔서 불렀고, 구태환이 내 도움을 받아서 Lazy boy의 〈Slow down〉을 불렀다.
날 의식하던 온새미로가 가로등 아래서를 보고 충격 받아서 칫솔을 부르기도 했었지.
하지만 꿈이라고 인식하는 건 잠시였다.

난 다시 그 순간의 내가 되었다.

꿈이라는 걸 잊어버린 채로.

내 무대 다음으로 박성주라는 래퍼가 올라왔고, 시원하게 말아먹었다.

'얘는 탈락이고.'

그 다음은 최재성이라는 보컬.

노래는 나쁘지 않았다.

모든 부분에서 특출난 장점과 특별한 단점이 안 보이는 육각형 보컬의 느낌?

지금은 좀 아쉽지만 트레이닝을 하면 괜찮아질 것 같은 느낌이다.

근데 최재성을 보고 있자니 묘한 기시감이 든다.

분명히 어디서 본 사람인데, 어디서 봤는지 도통 모르겠다.

무대를 보고 있으면 기억이 날 줄 알았다.

난 얼굴, 이름은 까먹어도 음색은 기억하니까.

그런데도 모르겠다.

분명 착각이 아닌데.

저 음색으로 굉장히 놀라운 무대를 선보였던 기억이 어렴풋이 나는 것 같은데.

'흠. 그런 것치고는 포텐셜이 높아 보이진 않는단 말이지.'

혹시 뮤지컬 배우 같은 걸로 성공해서 기억이 안 나는 건가?

 답답함에 뚫어지게 노려보고 있었는데, 노래를 부르던 최재성이 날 힐끔 보더니 갑자기 실수를 했다.

 "……."

 심사위원 눈치를 봐야지 왜 내 눈치를 봐?

 뭔가 괜히 미안해져서 시선을 돌려 주니까, 좀 편안해진 얼굴로 다시 노래를 부른다.

 소심한 친구인 거 같다.

 소심한 건 안 고쳐지는데, 탈락해서 같은 팀으로 안 만나면 좋겠다.

\* \* \*

 청소를 하다 지친 이이온이 잠들고, 울다 지친 온새미로가 잠들어 있다.

 그 사이에서, 술버릇이 사람을 관찰하는 것인 구태환이 날 빤히 쳐다보고 있다.

 "……."

 "어디 가게?"

 분명 이미 겪었던 상황이다.

 내가 회귀를 선택하고, 사거리로 가기 몇 분 전.

숙소에서 벌어졌던 일.

악마는 나를 몇 분 전으로 돌려보냈던 것이었다.

"잠깐 편의점 좀 다녀오게."

"같이 갈까?"

"아냐. 바람 좀 쐬고 올게. 뭐 사다 줘?"

"아이스크림."

"뭘로?"

"비비빅. 모자 쓰고 가."

"오케이."

방으로 들어가 모자를 찾고 나와 보니, 구태환이 쓰러져 잠들어 있었다.

밖으로 나오니 시원한 바람이 분다.

모자를 눌러 쓰고는 편의점으로 향하며 생각했다.

기억이 났다.

내가 최재성을 어디서 봤는지.

그래미…….

아니다. 그래미는 아니었다.

AMA였던 것 같다.

아메리카 뮤직 어워드.

회귀 초창기였고, 미국에서 빌빌 기던 때였다.

12회차? 13회차?

그 언저리다.

이제 막 메인스트림에 진입해서 처음으로 시상식에 갔을 때, 최재성의 무대를 봤다.

처음엔 한국인인 줄 모르고, 일본인인 줄 알았다.

당시의 나보다 훨씬 유명한 가수였지.

하지만 최재성은 노래를 부르진 않았다.

이 사실을 악마가 알려 준 건지, 내가 저절로 깨우친 건지 모르겠다.

하지만 한 가지 확실한 건…….

이번 생에 조금 더 걸어 봐도 괜찮을 것 같다.

\* \* \*

사람들은 흔히 사소한 변화가 큰 변화를 야기한다는 뜻에서 나비 효과라는 단어를 쓴다.

하지만 사전적인 정의나, 학술적인 정의로 따지면 그건 나비 효과가 아니다.

스노볼(혹은 스노우볼) 효과라고 불러야 한다.

사소한 변화가 눈덩이처럼 불어나서 거대해진다는 의미니까.

나비 효과는 그런 게 아니다.

브라질에서 시작된 나비(원래는 갈매기였다)의 날갯짓이 텍사스에 태풍을 만들 수 있는가.

초기 조건의 사소한 변화가 도무지 상상할 수 없을 정도로 막대한 결과를 야기할 수 있는가다.

그리고 나는 이 카오스 이론을 누구보다 긍정하는 사람이기도 하다.

회귀자이기에, 도무지 인과 관계를 이해할 수 없는 결과들을 많이 목격해 왔으니까.

나의 행동 때문에, 나와 관련된 누군가가 바뀌었다는 간단한 이야기를 하려는 게 아니다.

그보다 훨씬 복잡하다.

도무지 내가 뭘 했는지도 모르겠는데, 그게 누군가의 인생을 송두리째 바꿔 놓는 걸 여러 번 목격했다.

그 중 가장 기억에 남는 건 로빈 쿠퍼다.

17회차? 혹은 18회차?

그 정도 회귀 회차를 거듭했을 때, 난 인터스코프 레코드와 계약을 하고 원맨 밴드로 활동을 한 적이 있다.

작곡, 편곡, 작사, 퍼스트 기타, 세컨 기타, 베이스, 키보드, 보컬, 필요하다면 랩까지.

이 모든 것들을 나 혼자서 진행했고, 이건 상업적으로 큰 성공을 거둔 프로젝트가 되었다.

처음에 대중들은 정말 내가 모든 것을 해낸 건지 의심했지만, 그 의심이 곧 거대한 찬사로 돌아왔거든.

난 정말 모든 것을 할 수 있는 사람이었으니까.

하지만 딱 하나 예외는 있었다.

바로, 드럼.

그래서 투어를 돌 때면 그 도시에 어울리는 드럼 세션맨을 골라야 했다.

기준은 둘 중 하나였다.

티켓 파워가 있는가.

혹은 드럼을 잘 치는가.

전자는 별거 없다.

특정 도시에서 투어를 돌 때면, 그 도시 출신으로 큰 사랑받는 셀럽을 드러머로 섭외하는 것이었다.

드럼을 칠 줄은 알아야겠지만, 기본만 할 수 있으면 크게 중요하진 않다.

어차피 중요한 건 티켓 팔아먹는 거니까.

가장 호응이 좋았던 셀럽은 디트로이트 출신의 야구 선수인 존 스몰츠였던 것 같다.

존 스몰츠는 디트로이트 사람들이 정말 사랑하는 전설적인 야구 선수니까.

드럼도 곧잘 쳤고.

끝까지 성사가 되지 못했던 셀럽으로는 닥터 드레가 있다.

캘리포니아에서 공연을 할 때 꼭 한 번 섭외해 보려고 했는데, 욕만 잔뜩 먹었다.

미친놈이냐면서.

이렇게 셀럽의 섭외가 실패한 경우에는 해당 도시에서 무명 드러머를 섭외했다.

무명 드러머지만, 실력이 특출난 이들도 찾아보면 많다.

사람들은 내가 무명 가수들에게 기회를 준다고 찬사를 보냈지만, 그런 이유에서 벌인 일은 아니었다.

다음 회차에서 바로 써먹을지는 모르겠지만, 출중한 재능이 있는 무명 드러머를 미리 찾아 놓고 싶었다.

이때 찾았던 드러머 중 한 명이 훗날 GOTM의 드러머가 되는 앤드류 건이기도 했고.

아무튼 이런 과정 속에서 2022년에 덴버로 공연을 갔다가 무명 드러머의 데모 테이프를 받았다.

무명이라는 게 믿기지 않는 굉장한 실력자였다.

그의 연주에 영감을 받아서 곧장 만나고 싶다고 연락을 했고, 실제로 만났다.

그리곤 엄청나게 당황했다.

앞서 말했던 로빈 쿠퍼가 눈앞에 있었으니까.

로빈 쿠퍼.

뛰어난 실력을 가진 보컬이다.

섬세한 감정 연기와 본인만의 독특한 음 전개는 시대를 타지 않을 만큼 매력적이니까.

세달백일로 활동하는 지금 기준으로 봐도 배울 점이 있

는 보컬리스트였다.

 게다가 미국에서 활동하는 나와 늘 활동 시기가 겹치기 때문에 잘 알고 있는 사람이었다.

 그는 2022년의 그래미 위너다.

 그것도 데뷔하자마자 본상을 두 개나 휩쓰는 초신성.

 단 한 번도 아닌 적이 없었다.

 그런 로빈 쿠퍼가 무명 드러머로 살아가고 있는 게 이해가 되지 않았다.

 이게 왜 이해가 되지 않냐면, 내가 최선을 다해 로빈 쿠퍼를 견제해 본 적이 있기 때문이었다.

 2022년이면 코로나가 끝나고, 다시 음반 산업계가 활기를 띨 즈음이다.

 난 꼭 그 해를 먹고 싶었는데, 로빈 쿠퍼 때문에 쉽지가 않았다.

 심지어 그가 부를 곡을 훔쳐서 부른 적도 있었는데(당시의 난 회귀 이후의 세계가 어떻게 되는지 몰랐다), 로빈 쿠퍼는 처음 듣는 곡을 들고 나와서 그래미 본상을 받았다.

 그가 2022년의 그래미 본상을 받는 건 어지간해서는 변하지 않는 일이었고, 내가 정말 잘하면 그 본상을 나눠 먹는 건 가능했다.

 뭐, 지금 실력이라면 자연스럽게 경쟁해도 이길 수 있

을 거다.

하지만 그때는 애송이었으니까.

아무튼 그래서 로빈 쿠퍼를 견제하는 걸 그만두고, 마음속으로 실력의 기준으로 삼았었다.

언젠간 내 실력이 늘어나면 로빈 쿠퍼가 받을 그래미 본상 2개를 빼앗을 수 있을 거라고.

그런 로빈 쿠퍼가 무명 드러머로 나타났으니 내가 얼마나 놀랐겠는가.

내가 투어를 도느라 로빈 쿠퍼의 소식을 놓쳤다고만 생각했는데, 그게 아니었던 것이었다.

난 강한 호기심을 느꼈다.

분명 내가 뭘 했기 때문에 그가 보컬이 아닌, 드러머로 활동을 하고 있는 것일 터였다.

물론 내 의지와 상관없이 관측이 바뀌는 일들이 존재하긴 한다.

미국의 코미디언 버넷 아델이 음주 운전 뺑소니로 감옥에 갈 때도 있고, 아닐 때도 있는 것처럼.

하지만 이런 건 일회성의 일들이다.

삶의 방향성 자체가 달라지는 경우는 드물다.

특히 로빈 쿠퍼처럼 내가 뭔 짓을 해도 그래미 위너가 되는 사람의 마음속에는 가수에 대한 굳건한 목표 의식이 있을 수밖에 없다.

그래서 억지로 로빈 쿠퍼와 친해졌다.

내성적인 그는 살갑게 구는 날 좀 불편하게 여겼지만, 나중에는 그러려니 했다.

그렇게 그의 삶을 역추적해 나갔다.

분명 내가 벌인 어떤 일 때문에 그의 삶이 바뀐 게 아니겠는가?

그래서 나의 행적과 그의 행적을 겹쳐 보았고, 한 다리 건너서 연결된 이들도 추적했다.

난 이런 일에 이골이 난 사람이었다.

지금은 좋은 음악을 만드는 것만이 2억 장을 파는 가장 빠른 길이라는 걸 알고 있었지만, 당시는 아니었으니까.

음악도 중요하지만, 그 못지않게 마케팅이나 음반 산업 내에서의 정치력을 중요하게 여기던 때였다.

하지만 나와 로빈 쿠퍼의 접점은 전혀 없었다.

아무 것도 없었다.

어이없게도 그는 내 음악을 들어 본 적도 없었다.

드럼 세션으로 지원을 한 것도, 로빈 쿠퍼가 아니라 그의 여자 친구가 한 일이었다.

노래에 별 관심이 없고 드럼을 치게 된 계기도 없었다.

그냥 자연스럽게 그렇게 됐다고 했다.

납득할 수 없는 일이지만, 일단은 그를 친구로 두고 관찰했다.

그러나 로빈 쿠퍼는 그 이후로 몇 년 넘게 드러머로만 활동을 했고, 후에는 영화 음악계에서 유명한 세션 드러머가 되었다.

그 다음은 모르겠다.

회귀를 해 버렸으니까.

그렇게 새롭게 시작한 생에서도 내 관심사는 로빈 쿠퍼였다.

그래서 이번에는 아무도 모르게 로빈 쿠퍼를 찾아내서 관찰했다.

여자 친구도 그대로고, 사는 곳도 그대로고, 그가 좋아하던 가수들도 그대로다.

심지어 하고 있던 일까지.

하지만 이번엔 보컬의 길을 걸었다.

그 이후 몇 번의 삶을 관찰해도 마찬가지였고.

로빈 쿠퍼가 처음이었지만, 그 뒤로도 이런 일들이 종종 일어났다.

그래서 나는 나비 효과로 대표되는 카오스 이론을 받아들이기 시작했다.

세상에는 정말 납득하기 힘든 상황들이 있다.

내가 차를 몰고 지나가다가 울린 클랙슨 한 번에 누군가의 인생이 바뀔 수도 있으니까.

그러니까······.

내가 과거에 목격했던 최재성도 마찬가지였을 거다.

나는 최재성과 많이 이야기를 나눠 봤고, 깊은 이야기를 나눈 적도 있다.

돌이켜 보면 최재성과 가장 많은 이야기를 나눴던 것 같다.

또한 세달백일 멤버들 중 유일하게 최재성의 과거를 알고 있기도 하다.

그의 부모가 어떤 사람이며, 어떤 일을 했고, 최재성이 왜 가수가 되려고 했는지도 알고 있다.

엄밀히 따지면 최재성은 노래를 부르는 것보다는 사랑을 받는 것을 원하는 사람이다.

사랑을 받는 수단으로 가장 잘하는 노래와 춤을 선택했을 뿐이었다.

그걸 좋아하기도 하고.

그러니까, 그가 AMA에서 공연을 할 수 있을 정도로 성공한 래퍼였던 건 이해가 잘 가지 않는다.

그래.

내가 처음으로 최재성을 목격했을 때, 그는 래퍼였다.

그래서 음색을 듣고도 가물가물했었던 것이다.

분명 어디서 들어 본 음색이었지만, 그 쓰임새가 너무 달랐으니까.

물론 AMA에서 목격한 게 최재성의 솔로 공연은 아니

었다.

그 정도로 대서특필될 상업적인 성공을 거뒀으면 내가 몰랐을 리가 없지.

최재성은 싸이퍼(CYPHER)에 출연했다.

AMA나 BET 같은 대중 친화적인 어워드들은 싸이퍼(여러 뮤지션들이 나와서 실력을 뽐내는 콘텐츠)를 꼭 제작한다.

BET CYPHER는 미국 내에서 하나의 브랜드가 됐을 정도로 유명한 콘텐츠고, AMA를 비롯한 어워드들이 따르지 않을 이유가 없다.

싸이퍼는 보통 당대 최고의 뮤지션들이 출연하는 베스트 싸이퍼와 주목받는 신인들이 출연하는 프레쉬맨 싸이퍼로 나뉘는데, 최재성은 후자였다.

AMA에 출연할 정도의 프레쉬맨이었다면, 특정 주(州)나 카운티에서 선풍적인 인기를 끌고 있었을 확률이 높다.

이 말은 곧 그가 미국의 언더그라운드 활동을 했다는 거고, 거기서 성과를 거두었다는 거다.

즉, 마케팅으로 올라온 게 아니라는 거다.

애초에 미국의 언더그라운드는 마케팅으로 뚫기 힘든 곳이다.

정말 잘해야지만 살아남을 수 있다.

그래서 미국의 에이전시는 언더그라운드에서 실력적으로 증명이 된 이들과 계약을 하는 경우가 많다.

실력을 증명한 이들 중 스타로 만들 만한 이들을 뽑는 것이다.

즉, 최재성에게는 래퍼로서 어마어마한 잠재력이 있다.

나도 몰랐고, 세달백일 멤버들도 몰랐고, 본인도 몰랐겠지만.

"……."

근데 이렇게 생각하니 또 이상하다.

최재성은 랩에 아무런 관심이 없는데?

싫어하는 것도 아니다.

정말 말 그대로 아무런 관심이 없다.

아마 핀 포인트를 만들 때였던 것 같은데, 비트를 다 만들고는 브레이크 아웃 직전에 랩이 들어가면 괜찮겠다는 아이디어가 떠올랐다.

그래서 최재성에게 랩을 할 생각이 있냐고 물었었는데, 분명 답이 이랬다.

"제가 다른 건 다 괜찮은데, 랩은 영 별로예요."

커밍업 넥스트에 출연하기 전 연습생 시절에 월말평가 곡으로 몇 번 해 봤는데, 별로였다고 했다.

그때는 나도 그러려니 했었는데……
그런 생각을 하며 잠들어 있는 최재성을 내려다보았다.
퇴원을 하려면 최소한 3주는 더 있어야 한다고 했고, 우리는 돌아가면서 최재성의 병실을 방문하고 있었다.
의사는 여전히 지켜봐야 한다는 이야기만 하고 있지만, 그래도 괜찮다.
나의 성공 뒤에 최재성을 낙오시키지 않을 방법이 있는 것 같으니, '다음'은 있다.
악마의 말처럼 나는 아직 포기하지 않았다.
그리고.

[넌 회귀 규칙에 지나치게 얽매여 있다.]
[단 한 번이라도 성공의 규칙에 대해서 탐닉해 본 적이 있나?]

악마의 말처럼 성공의 규칙에 대해서 고민을 시작했고.
그때였다.
드르륵.
1인 병실의 미닫이문이 열리며, 누군가 들어왔다.
"안녕하세요."
자리에서 일어나 인사를 건넸다.
최재성의 어머니였으니까.

"늦게까지 계셨네요."
최재성의 어머니가 잔잔한 미소를 보인다.
"잠시 들렸습니다."
"늘 고마워요."
감사 인사까지 하시고.
그녀가 나에게 보인 태도는 가식이 아니었다.
하지만 진심이 담긴 것도 아니다.
뭐라고 표현해야 할까.
그래, 연극배우가 연극을 하는 것 같다.
배우가 극중에서 하는 연기는 만들어진 것이지만, 진심을 담아야 하지 않은가?
딱 그런 느낌이다.
사실 난 가족이란 관계에 대해서 잘 모른다.
꿈에서도 그리워하는 부모님이 있긴 하다.
두 분을 살리기 위해서 정확히 인지도 못할 긴 시간을 견디고 있기도 하고.
하지만 실제로 부모님과 보냈던 시간들은 너무나 희미하다.
그래서 걱정을 한 적도 있다.
막상 2억 장을 팔고 부모님이 깨어났을 때.
정말 우리가 부모와 자식이 맞긴 할까?
부모님이 기억하는 '한시온'이란 존재는 세상에 없는데.

한시온이란 존재를 구성하고, 지탱하고, 성장시키고, 괴롭힌 모든 요소는 회귀에 있는데.

내가 회귀자인 걸 모르는 부모님이 날 예전처럼 사랑해 줄 수 있을까.

그들의 이해는 나에게 닿지 않을 거니, 존재를 이해한다는 면에서 우리는 남남인데.

하지만 한 가지 확실한 건, 고작 두려움 때문에 부모님을 포기할 수는 없다는 것이다.

"……."

말이 조금 샜는데, 최재성의 부모님은 내가 가장 걱정하는 상상 속의 부모님과도 같다.

서로를 알고 싶어 하는 마음도 없고, 알지도 못하지만…….

가족은 서로를 사랑하고, 화목해야 한다는 사회적 규범에 맞춰 연기하는 삶.

심지어, 연기라는 것조차 인식을 못하고 스스로는 최선을 다하고 있다고 생각하고 있다.

그래서 최재성이 집을 나왔을 때, 그들은 이해하지 못했던 거다.

아니면 그들의 상식 수준에 맞춰서 이해를 했겠지.

그래서 나는 이들이 불편하다.

아니, 솔직히는 불쾌하다.

차마 친구의 부모님께 그런 단어를 붙이지 못할 뿐이지.

"저는 이만 들어가 보겠습니다."

자리를 비켜 주고는 병실을 빠져나왔다.

그때 병실 문이 열리며 최재성의 어머니가 따라 나왔다.

"저, 한시온 씨."

"네. 하실 말씀이 있으세요?"

"재성이는 어떻게 되는 거죠?"

"경과를 지켜봐야겠지만, 잘 회복 중이라고 합니다."

어제 의사가 소견을 내리긴 했다.

말을 하는 데는 지장이 없을 거라고.

대미지를 입은 발성 기관이 어떤 식의 후유증을 보일지는 면밀히 관찰해야겠지만.

그 말을 전해 주자, 최재성의 어머니가 안도의 한숨을 내쉰다.

아니, 그런데 이 상황이 말이 되나?

왜 아들의 의료 진단 결과를 남에게서 듣는 거지?

그리고 그걸 왜 믿는 거지?

보통의 부모라면…….

"……."

아니다.

침착하자.

어쩌면 지금 난 감정 과잉 상태에 빠졌을지도 모른다.

악마를 만나기 위해 트럭 앞으로 몸을 던졌고, 악마를 만나서 많은 이야기를 나눴다.

백이 넘는 회차 동안 수백 년의 삶을 살아왔으나, 고작 네 번째 만남.

그리고 처음으로 내 회귀가 저지당한 순간이기도 했다.

그동안 회귀를 안 하려고 발버둥을 치면 쳤지, 하려고 발버둥을 친 적은 없었으니까.

그렇다면.이건 악마가 내 회귀를 막은 걸로 봐도 되지 않을까?

정말로 성공이 가까워져서.

물론 악마는 줄곧 '시간'만 견디면 내가 성공할 확률이 100%라고 했다.

당연한 소리라고 생각했다.

내 정신이 마모되지만 않는다면 무한한 시간 속에서 한 번쯤은 성공할 수 있을 테니까.

하지만 악마는 그 논지를 다시 되짚었다.

['시간'은 모든 회차를 아우르는 것이 아니다.]

이 말은 무엇일까?

단순히 생각하면, 한 회차를 진득하니 견디면 성공할

확률이 높다는 걸로 들린다.

하지만 난 가장 오래 살았을 때는 42살이었다.

심지어 미국 나이니까, 한국 나이로는 43~44살이다.

회귀 초창기라서 버틴 것이기도 하지만, 그때 삶이 나쁘지 않았던 것도 있다.

단순히 버티는 걸로 성공할 거라면 그때 성공했어야 하지 않나?

이런 생각들이 머릿속에 가득 차서 둥둥 떠다닌다.

그동안 악마가 던져 준 퍼즐 조각은 백만 피스짜리였는데, 악마가 절반쯤을 맞춰 주고 간 느낌이다.

아무래도 여기에 생각이 매몰되어 있으니, 감정을 조절할 여유가 없는 것 같다.

생각해 보면 아까 낮에 멤버들과 예능 프로그램을 볼 때도, 평소의 나답지 않게 폭소를 터트렸던 것 같다.

그렇게 웃긴 장면도 아니었는데.

내가 왜 그랬지?

그러니 지금 느껴지는 불쾌함과 분노도 정상적이지 않을 수 있다.

그런 생각을 하며 심호흡을 쭉 내쉬고, 감정을 리셋하려는데 최재성의 어머니가 말을 보탠다.

가만히 좀 있지.

"그래도 노래를 하는 건 좀 힘들 거라고 하던데요."

"의사가 그렇게 말했나요?"

"네. 그러더군요."

"언제요?"

"사고 직후에 면담을 했을 때요."

"회진은 매일 두 번 있습니다. 환자의 상태는 매일 달라지는 거고요."

"그럼 한시온 씨 생각에는 노래를 할 수 있을 것 같나요?"

노래를 할 수 있냐고?

그건 아닐 거다.

악마와 만나기 전에도 그렇게 생각했었다.

겪어 봐서 안다.

성대 결절이든 뭐든, 소리를 내는 행위에 부상을 입는 건 가수에게 굉장히 심각한 일이다.

심지어 회귀 이후에도 영향을 줄 정도로.

이건 진짜 어이없는 거다.

회귀 한 방이면 잘려 나간 팔도 다시 생겨나는 게 나다.

언젠간 무대 장치로 인한 사고 때문에 무릎이 아작 난 적이 있는데, 회귀하고 이틀이 지나니 아무렇지도 않아졌다.

한데 소리를 내는 건 좀 다르다.

나도 이유는 모르겠는데, 그냥 그렇다.
회귀자도 이런데, 보통 사람들은 오죽하겠는가.
그래서 성대 부상 이후, 원래대로 돌아온 가수가 거의 없는 것이다.
종종 성대 결절을 극복하고 돌아왔다는 가수들이 있는데, 꾀병일 확률이 높다.
소속사와의 내부 갈등에서 가수가 가장 쉽게 우위를 점하는 방법이 성대 결절이니까.
그게 아니라면 정말 초창기에 문제를 발견했을 거고.
심지어 악마도 여기에 말을 보탰었다.

[원래라는 개념은 교차로에 어울리지 않는 것이지만……. 네 관념대로의 '원래'를 묻는 거라면, 가능성은 없다.]

최재성이 원래대로 돌아갈 수 없다고.
하지만 난 최재성의 랩에 걸어 보려고 한다.
랩과 노래는 원리 자체가 완전히 다르다.
노래는 소리를 공명시켜야 한다.
인간의 몸을 관현악기로 사용하는 거다.
관현악기의 바디가 소리를 공명시키고 굴리는 역할을 하는 것처럼, 인간의 소리통도 소리를 공명시키고 굴리는 역할을 한다.

성대는 관현악기의 음계 조절 장치 역할을 하고, 구강은 소리를 최종적으로 출력하는 관현악기의 주둥이 역할을 한다.

이런 접근론에 가장 걸맞게 훈련을 하는 사람들이 소프라노나 테너들이고.

하지만 랩은 좀 다르다.

랩은 현대 음악사에서 유일하게 인간의 목소리를 퍼커션(타악기)로 사용하는 장르다.

80년대까지만 해도 랩이 음악이냐는 비판이 많았지만, 그럼에도 불구하고 랩이 살아남은 건 퍼커션이라는 특수성 때문이다.

그래서 최고 단계에서의 랩은 그냥 재능이다.

대체 누가 목소리로 타격하는 방법을 가르칠 수가 있단 말인가?

이건 랩을 강하게 하고, 약하게 하고의 이야기가 아니다.

그보다 상위 개념이다.

그러니 일류까지야 적절한 재능과 적절한 가르침으로 올라갈 수 있지만, 초일류로 발돋움하는 건 배움으로 불가능하다.

참고로 나도 이 단계에서 미끄러졌다.

온갖 잔재주를 부려 가며 빌보드 앨범 차트 1위를 기록한 랩 앨범을 쏟아 냈지만, 내 랩이 초일류가 아니라는 건 누구보다 잘 안다.

아직도 기억난다.

2027년에 나이키가 오랜만에 레전더리 래퍼들을 모아서 광고 트랙을 만들어 낸다.

2007년에 나이키 포스 발매 25주년으로 진행했던 〈Classic〉 프로젝트의 후속 프로젝트였을 거다.

그때 온갖 레전드 래퍼들이 모였고, 메이킹 필름 때문에 녹음도 같이 했었다.

그 녹음이 끝나자마자 회귀했었다.

재능으로 레전드가 된 미친놈들 사이에서 자괴감을 못 견디겠더라고.

다들 체급이 거인인데, 나 혼자만 사다리를 타고 올라가서 억지로 눈높이를 맞춘 느낌이었다.

그 뒤로는 랩은 거들떠도 안 봤다.

감초 역할로 종종 써먹기만 했지.

하지만 최재성은 나보다 더 큰 재능이 있을 확률이 높다.

아무런 백도 없이(심지어 영어도 별로 못했을 거다.) 언더그라운드에서 시작한 동양인이 AMA의 프레쉬맨 싸이퍼에 출현한다?

이건 어지간한 재능으로 안 되는 거거든.

이 경우에는 부상도 괜찮을 거다.

랩은 말하듯이 해야 하는 장르다.

목에 힘을 빡 주고 긁는 래퍼들은 거의 다 이류나 삼류다.

정말 특수한 스타일을 가진 게 아니라면.

이게 지금 내가 가진 플랜이며, 악마와의 만남 이후 정립된 세달백일의 미래였다.

"노래는 못할 겁니다."

"그렇다면 제 생각에는……."

"무슨 말씀을 하시려는지 모르겠지만, 이 말까지는 들어 주시죠."

최재성의 어머니가 입을 다문다.

"음악은 할 수 있습니다."

"연주, 춤, 그런 걸로요?"

"아뇨. 지금처럼요."

"노래를 못한다면서요?"

"방법이 있습니다. 그리고 그건 팀 내 사정입니다. 외부인에게 털어놓을 건 아니죠."

랩을 하라는 말은 최재성에게 처음으로 해 줘야한다.

내 말을 어떻게 받아들였는지, 최재성의 어머니는 한참을 침묵하다가 입을 열었다.

"아들이 불행해지는 건 받아들일 수 없군요."

"불행해질 것 같습니까?"

"네. 동정으로 팀에 남는다고 한들 마음이 편할 수는 없지 않나요?"

동정?

"자리가 없는 사람에게 억지로 자리를 만들어 준다고 해서, 그 자리를 즐길 만큼 단순한 아이가 아니에요. 재성이는."

진짜 친구 어머니에게 이런 말을 하고 싶진 않았는데.

개소리도 계속 듣다 보니 재미있다.

그래서 더 들어 보기로 했다.

"뭘 원하시나요?"

"가족이 미국으로 가려고 해요. 그때 재성이를 데려갈 거고요."

"그래서요?"

"통보를 해 주세요. 방출 통보를. 그래야 미련 없이 포기하고 저희와 함께 갈 테니까요."

상상도 못했다.

개소리의 끝에 더한 말이 있을지.

내가 가만히 서 있자, 혼자 무슨 생각을 했는지 말을 보탠다.

"계약 조건은 저희도 확인했어요. 회사의 지분이 가수로서의 계약과 묶여 있더군요?"

"네. 세달백일이 회사의 주인이니까요."

"포기할게요. 구질구질하게 굴지 않겠다는 말이죠."

뜬금없는 말이지만, 나와 우리 부모님의 관계가 최악의 상상으로 치닫는다고 해도 이거보다는 나을 것 같다.

그리고 어쩌면 난 감정 과잉이 아닐지도 모르겠다.

이 상황이면 감정이 메마른 사람도 화가 나지 않을까?

"어머니."

"네."

"제 머릿속에 정말 많은 단어가 맴돌고 있는데, 딱 한 단어가 사라지지 않네요."

"말씀하세요."

"자리."

"네?"

"지금 자리가 없는 사람에게 억지로 자리를 만들려는 건 어머니 아닙니까?"

"……."

"최재성의 자리는 여기 있는 겁니다. 어머니의 가정에 있는 게 아니라."

"어떻게 그런……! 우리는 가족이에요!"

"천륜과 인륜의 차이라고 생각합니다."

그쪽은 하늘이 만들어 준 가족이겠지만, 이쪽은 사람들이 모여서 만든 가족이다.

라는 말로 고상하게 돌려 말했지만, 숨겨진 내 말뜻을

잘 알아들은 것 같다.

하늘이 내려 줬을 뿐이지, 당신이 한 게 뭐냐는 질책을.

최재성 어머니의 눈이 파르르 떨린다.

그때였다.

드르륵 문이 열리며 환자복 차림의 최재성이 나온 게.

"돌아가세요."

"재성아!"

"더 이상 가수를 못해서 세달백일에서 탈퇴해도 미국은 안 가요. 어머니, 아버지, 그리고……. 형이 있는 곳으로."

"그럼 뭘 하려고!"

"여기서 매니저라도 하는 게, 거기보다는 낫겠죠."

역시 가족이긴 한가 보다.

내 입장에서는 별거 아닌 말이었는데, 거의 거품을 무는 걸 보니.

\* \* \*

최재성의 어머니가 떠나고, 둘이 남아 이야기를 나눴다.

함께한 시간은 길었지만, 나눈 이야기 자체는 길지 않았다.

우리의 이야기는 둘이서 결론지을 수 있는 게 아니었고, 다른 멤버들도 함께해야 하는 것이기 때문이었다.

"내일 멤버들이랑 같이 올게."
"형."
"응."
"진심이었어요."
"뭘?"
"다른 곳에서 뭔가를 하는 것보다 형들 옆에서 매니저라도 하는 게 낫다는 말."

아직 말을 하는 게 편하진 않은 듯, 최재성의 목소리는 낮고 느릿느릿했다.

하지만 진심을 느낄 수 있었다.

그래서 나도 진심을 담아서 말해 줬다.

"그건 내가 싫어."
"왜요?"
"나보다 춤 잘 추는 매니저가 있으면 눈치 보이니까."

우리는 서로를 마주 보며 웃었고, 병실을 떠났다.

다음 날, 멤버들과 함께 다시 최재성의 병실을 방문했다.

그리고······.

"형들한테 말을 하기 싫었던 건 아니었어요. 그냥 좀 부끄러웠던 것 같아요."

우린 최재성의 과거 이야기를 들을 수 있었다.

\* \* \*

　최재성의 부모님은 저명한 클래식 음악가들이었다.

　아버지는 한국에서 가장 큰 교향악단을 이끌었던 지휘자.

　어머니는 그곳의 바이올리니스트.

　지금은 두 분 다 은퇴하고 대학교수로 지내고 있지만, 집안 자체가 클래식 계통이라서 음악가들이 끊이지 않았다.

　하지만 각자의 집안에서 가장 뛰어난 이들이 최재성의 부모님이었다.

　그런 둘이 결혼을 했으니, 그 사이에서 태어난 자식에게 관심이 집중되는 것도 당연했다.

　"그게 저희 형이었어요."

　최재성의 형은 어릴 적부터 특별한 면모가 있었다.

　20시간이 넘게 악보를 쳐다보며 외우기도 했고, 부모님의 연주를 눈 하나 깜빡하지 않고 지켜보기도 했다.

　다들 천재가 태어났다고 기뻐했으나, 그는 천재가 아니었다.

　ASD.

　자폐 스펙트럼 장애였다.

　"여기서부터는 제 추측이에요. 누구도 말해 주지 않았지만, 눈치로 생각해 본 거죠."

최재성의 부모님은 자신들 사이에서 태어난 아이가 음악을 하지 못한다는 걸 받아들이지 못했다.

어쩌면 음악 때문이 아니라, 평균 이하의 모습을 받아들이지 못했을 수도 있었다.

그래서 그들은 또 다른 자식을 원하게 되었고, 그렇게 최재성이 태어났다.

최재성은 형과는 달랐다.

어렸을 때부터 영특했고, 공부도 곧잘하는 모습을 보였다.

최재성이 기억하는 자신의 유년기는 유리한 차별로 꽉 차 있었다.

모든 것이 최재성 위주였다.

맛있는 것도, 재미있는 것도, 편안한 것도, 부모님의 사랑도.

그의 부모는 형보다 최재성을 훨씬 사랑했고, 최재성은 그걸 당연하게 여겼다.

태어났을 때부터 그랬으니까, 그래서는 안 된다는 인식조차 없었다.

다만 최재성은 클래식 음악에 별 관심이 없었다.

정확히 말하자면, 상류층의 음악보다는 대중가요가 더 좋았다.

부모님과 갈등이 있었지만, 심각하진 않았다.

최재성이 첫째였다면 심각했을 수도 있겠지만, 그는 둘째였다.

"아마 형 때문에 트라우마가 있었던 것 같아요. 제가 보통 사람이라는 것에 감사할 정도로."

하지만 우연한 계기로 인해 모든 일이 바뀌는 사건이 발생했다.

최재성의 부모님은 저명한 클래식 뮤지션이었고, 당연히 제자들이 많았다.

그중 오재영은 유독 최재성의 집안과 가깝고 살가운 제자였다.

최재성도 재영 삼촌이라고 부르며 잘 따랐다.

한시온에게 김현수 같은 존재가, 최재성에게는 오재영이었다.

오재영은 말은 하지 않았지만 최재성의 형을 늘 불쌍히 여겼고, 함께 시간을 보내곤 했다.

그러다가 그는 최재성의 형이 가지고 있는 진짜 재능을 발견했다.

성악가.

개중 남자 성악가의 꽃이라고 불리는 테너.

최재성의 형은 테너에 천부적인 자질을 타고난 이였다.

"혹시……?"

"맞아요. 최성호. 그게 우리 형이에요."

최성호의 등장은 성악계를 발칵 뒤집어 놓았다.

한국 레벨의 이야기가 아니다.

전 세계 톱 티어 클래식 레벨의 이야기였다.

최재성의 부모는 곧장 형을 케어하기 시작했고, 재능을 꽃피우기 위해 노력했다.

자폐 스펙트럼이 있기 때문에 더 많은 노력이 요구됐지만, 괜찮았다.

최성호의 재능은 진짜였으니까.

이제 그들이 보듬어 주고 도와주면 되는 거니까.

하지만 그들이 몰랐던 건, 자폐 스펙트럼을 가진 이도 많은 걸 기억한다는 것이었다.

처음으로 출전한 독일의 중소 콩쿠르에서 우승한 최성호의 인터뷰.

"가장 좋아하는 걸 묻는 질문에 재영 삼촌의 이름이 나왔죠."

거기까지는 괜찮았다.

그럴 수 있는 일이었다.

오재영이 최성호의 재능을 발견해 준 최초의 사람이니까.

문제는 그 다음이었다.

뮤지션으로서 가장 두려운 걸 묻는 질문에 부모님의 이름이 나온 것이었다.

집안이 발칵 뒤집어졌다.

집안의 어른들까지 나서서 최재성의 부모가 최성호를 학대한 게 아니냐는 말을 꺼냈다.

그들은 펄펄 뛰었다.

실제로도 그들은 최성호를 부족함 없이 키웠다.

좋은 음식을 먹였고, 좋은 옷을 입혔고, 편안한 곳에서 재웠으니까.

다만, 아무런 관심이 없었을 뿐이었다.

"그게 정서적인 학대였을 수 있지만, 제 부모님들은 동의하지 않겠죠. 그런 분들이니까."

그래서 그랬는지, 학교가 끝나고 집에 가려는 최재성 앞에 어른들이 나타났다.

그리곤 이런저런 걸 물었다.

그쯤 해서 최재성은 머리가 커져 있었다.

어린 시절에는 당연하게 여겼던 수많은 '유리한 차별'들이 사실은 옳지 않았다는 걸 느끼고 있었다.

그래서 있는 그대로 있었던 일들을 말했다.

최재성만 데리고 놀이공원에 갔던 일.

하필 그날 도우미 아주머니의 집에 큰일이 생겨서 일찍 퇴근을 하고, 하루 종일 형이 굶은 채 혼자 있었던 일 등등.

죄책감을 느끼던 일들을 전부 고한 것이었다.

최재성의 사고방식은 단순했다.

그가 잘못하면 어른들에게 혼나고 고치는 것처럼, 부모님의 잘못도 고치면 좋겠다는 것.

그래서 그의 부모님이 형에게 사과를 하고, 모든 게 좋게 돌아가면 좋겠다는 것.

머리가 커졌다고는 하나, 고작 중학교 1학년이었으니까.

그 뒤로 어른들 사이에서 무슨 일이 있었는지는 모르겠다.

형이 잠깐 할아버지의 집에서 지내게 되었으며, 부모님은 그곳으로 날마다 방문했다.

몇 달의 시간이 지나 형이 집으로 돌아왔을 때.

최재성은 위화감을 느꼈다.

부모님이 최재성을 대하는 모든 방식은 예전 그대로였다.

웃는 얼굴이었고, 부족함 없이 대했다.

하지만 그들의 태도에 진심은 없었다.

"지금 와서야 할 수 있는 비유지만, 내부 고발자를 대하는 대표의 태도 같은 게 아니었을까요."

그렇게 최재성은 풍족한 외톨이가 되었다.

최재성은 점점 엇나가기 시작했지만, 남들의 눈에는 배부른 반항일 뿐이었다.

그의 부모가 금전적으로 지원해 주지 않는 건 없었으니까.

용돈은 늘 풍족했고, 부족한 건 아무것도 없었다.

최재성은 뒤늦게 부모님의 사랑을 받기 위해 클래식 음악에 매진했지만, 달라지는 건 없었다.

그에겐 클래식 음악에 대한 재능이 없었으니까.

그렇게 시간이 흘러, 최재성이 고등학교 2학년이 되었을 때.

결정적인 일이 발생했다.

형과 다툼이 있었다.

별건 아니었고, 형이 최재성의 스마트폰을 변기통에 빠트려 버렸기 때문이었다.

누구나 화를 낼 법한 일이었고, 최재성도 그랬다.

하지만 다음 날, 최성호는 어른들 앞에서 최재성이 자신을 괴롭힌다고 말했다.

최재성은 그의 형을 이해했다.

몸은 컸지만, 그의 형은 어린아이와 비슷한 사고 수준을 가지고 있었다.

그러니 잠깐의 다툼을 어른들에게 이를 수도 있다.

사소한 일이다.

그날 저녁, 그의 형이 과자를 가지고 자신의 방으로 찾아와 같이 놀자고 한 것처럼.

하지만 그 사소한 일을 최재성의 부모는 다르게 받아들

였다.

그들이 보지 않는 곳에서 최재성이 형을 괴롭히고 있는 게 아닌가, 하는 의심으로.

의심을 받은 최재성은 이렇게 말했다.

"나는 형과 잠깐 다툰 거고, 괴롭혔다는 표현은 두 분이 형의 재능을 알기 전의 행동에나 붙일 수 있는 거다……. 라고 했던 거 같네요."

그건 그들의 죄책감과 트라우마를 건드리는 말이었다.

그동안 느꼈던 위화감이 적나라해지고, 최재성은 설 곳을 잃었다.

금전적인 지원조차 끊겼고, 할 수 있는 게 없었다.

물론 그때 최재성이 부모님께 머리를 숙이고 반성을 했다면 모든 상황은 원래대로 돌아갔을 것이었다.

부모님의 속마음이 어떻든 겉으로는 화목한 가정의 일원이 되었겠지.

하지만 최재성은 그러고 싶지 않았다.

이유는 자신도 몰랐다.

하지만 뭔가 이래서는 안 된다고 생각했다.

논리는 갖지 못했지만, 이런 삶이 계속되는 게 옳지 않다는 확신이 있었던 것이었다.

그래서 집을 나와, 자신에게 캐스팅 제안을 했던 소속사로 들어갔다.

연습생도 숙소 생활이 가능한 기획사는 많지 않았지만, 다행히 괜찮은 곳이 있었다.

그렇게 연습생 생활이 시작되었고, 데뷔 직전에 무산되는 경험을 하기도 했다.

"그 뒤로는 모두가 아는 이야기죠. 커밍업 넥스트."

한 번도 말한 적이 없었지만, 최재성은 세달백일에 소속된 이후 중요한 사실을 알게 되었다.

왜 부모님을 보며 이래서는 안 된다고 생각했는지.

자신이 갖지 못했던 논리가 무엇이었는지.

지금에야 깊은 관계가 됐지만, 처음만 하더라도 세달백일은 비즈니스 파트너였다.

한시온과 온새미로처럼 맞지 않는 이들도 있었고, 한시온과 이이온처럼 은근히 냉정한 면모가 있는 이들도 있었다.

한시온처럼 잘난 척이 심한 사람도 있었고, 한시온처럼 팀의 끝을 정해 놓은 사람도 있었다.

"전부 다 시온 형이 들어가네요?"

하지만 그렇다고 하더라도 세달백일이 가족보다 훨씬 편했다.

이유는 간단했다.

다들 '내'가 아닌 '우리'를 중심으로 생각하기 때문이었다.

개개인의 성격이나 감정이 어떻든, 세달백일로 활동할 때만큼은 개인보다 팀을 중요하게 생각했다.

 공동체 생활에서는 그게 당연한 것이니까.

 하지만 최재성의 가족은 그러지 않았다.

 그의 부모님은 '우리'를 '나'의 하위 호환으로 생각했다.

 자식이라서 그렇게 생각하는 게 아니라, 원래 그런 사람들이었다.

 어쩌면 '나'라는 연주자들이 모여서 지휘자의 강한 카리스마 아래 '우리'를 만드는 음악을 했기 때문일 수도 있었다.

 그렇게 이해하고 싶었다.

 최재성은 부모님을 미워하진 않았다.

 그런 순간도 있었지만, 이제는 아니었다.

 그는 세달백일에서 우리의 행복을 깨달았지만, 부모님은 아니지 않은가.

 "그러니까 궁금하더라고요."

 우리는 여전히 우리일 수 있는가.

 자신이 예전처럼 노래를 할 수 없더라도.

\* \* \*

 최재성의 말이 끝나자, 멤버들이 말을 아끼는 게 느껴

진다.

확실히 가족 문제에 대해서는 함부로 왈가왈부하기가 힘들다.

최재성의 편을 들면 그의 부모님을 욕보이는 것 같으니까.

사실 최재성의 과거는 내가 알고 있던 것보다 훨씬 더 눅눅했다.

조사를 하다 말았기 때문에 정확히 알고 있던 건 아니었다.

정황상 최재성 형의 재능이 발아하면서 클래식에 재능 없는 최재성이 방치됐다고만 생각했지.

하지만 뭐가 되었든 이거 하나만큼은 확실히 말할 수 있었다.

"최재성."

"네."

"넌 다시 무대에 설 거야."

"어떻게요?"

지금부터는 선의의 거짓말을 할 시간이다.

\* \* \*

세달백일 멤버들은 그들의 리더인 한시온이 냉정하고

차가운 면모가 있는 사람이라는 걸 알고 있었다.

커밍업 넥스트를 촬영할 때는 그런 면모가 강했고, 이후에는 나아졌으나 여전히 그런 모습을 보여 줄 때가 많았다.

하지만 동시에 '내 사람'에 대한 집착이 심한 사람이라는 것도 알고 있었다.

한시온의 울타리 안으로 들어가는 건 정말 쉽지 않은 일이다.

하지만 한 번 그 안으로 들어가면, 한시온은 어떤 일이 있어도 그 사람을 포기하지 않는다.

최대호 대표와 대립한 것도 그렇다.

사실 한시온과 한시온을 제외한 세달백일 멤버들은 〈커밍업 넥스트〉란 프로그램의 끝을 바라보는 데 관점의 차이를 가지고 있었다.

커밍업 넥스트의 막바지에 세달백일 멤버들이 한시온의 데뷔를 응원해 준 건 맞다.

이대로 자신들과 함께 탈락하지 말고, 테이크씬으로 데뷔하기를 바랐다.

하지만 이건 한시온을 구원한다는 거창한 개념은 아니었다.

그냥, 한시온이 지나친 천재였기 때문이었다.

저 천재가 자신들 때문에 탈락하는 게 마음이 편하지

않았고, 한시온의 개인적인 사정도 알고 있었다.

그는 부모님이 깨어나는 기적을 바라며 2억 장의 앨범을 팔고 싶어 했으니까.

그러니 그들이 제작진과 라이언 엔터를 찾아가 한시온의 데뷔를 부탁한 것은 그리 어렵지 않은 결정이었다.

하지만 한시온은 이 결정이 자신을 구원했다고 믿는 것 같았다.

'우리가 그렇게 대단한 걸 해 준 건 아닌 것 같은데……'

물론 이건 한시온이 회귀자이기 때문에 벌어진 일이긴 했다.

무수한 회귀 속에서 무수한 동료들을 만났지만, 세달백일 멤버들과 같은 이들은 거의 없었으니까.

이런 관점의 차이 때문에 세달백일 멤버들은 한시온이 자신들을 위해서 최대호 대표와 대립하는 게 좀 당황스러웠다.

최대호 대표는 끝까지 한시온을 원했다.

겉으로는 공격을 하고 있고, 날선 행동을 보이는 것 같지만, 아마 한시온이 손을 내밀었으면 최대호는 손을 잡았을 것이다.

그만큼 최대호는 한시온을 탐냈다.

이 사실을 모르는 건 당사자인 최대호와 한시온, 둘뿐이었다.

결과적으로 한시온은 '내 사람'을 위해서 최대호와 싸웠고, 승리를 쟁취했다.

이런 상황을 겪은 세달백일 멤버들은 한시온이 최재성을 포기하지 않을 걸 알았다.

분명 어떤 마법과도 같은 일을 벌여서 최재성을 복귀시킬 것이다.

유닛 앨범 3개를 합쳐서 정규 앨범을 탄생시키는, 그런 마법과도 같은 일을.

하지만 이런 무식한 방법일 줄은 상상도 못했다.

"······뭐라고요?"

시종일관 느리고 낮게 말을 하던 최재성이 황당하다는 듯이 목소리를 높였으니까.

"들었잖아."

"아니, 듣긴 했는데······."

최재성을 비롯한 세달백일 멤버들이 황당해한 건 당연했다.

노래를 못하게 됐으니까, 랩을 하라고?

이게 말이야 방구야?

\* \* \*

선의의 거짓말을 좋아하진 않는다.

대부분의 선의는 결국 개인적인 잣대의 가치관일 뿐이니까.

하지만 이 경우에는 정말 선의라고 생각했다.

모든 사람이 최재성의 복귀를 바라고, 최재성에게는 래퍼로서의 재능이 있다.

이미 지나친 세계에서 우연히 조우한 것일 뿐이지만, AMA의 프레쉬맨 싸이퍼라면 충분한 근거가 된다.

그래서 열심히 거짓말을 했다.

"네가 노래를 부르는 걸 좋아했기 때문에 이야기하지 않은 거야. 처음 봤을 때부터 난 네가 랩에 더 큰 재능이 있다는 걸 알았거든."

아마 믿을 거다.

세달백일은 다른 부분에 있어서는 몰라도 음악에 관해서는 광신도다.

한시온교를 믿는 이단아들이라고 할까?

그러니까 내가 음악에 관해서는 팥으로 메주를 쑨다고 해도…….

"아니 그 거짓말을 믿으라고요?"

안 믿네?

"거짓말 아닌데."

"진짜로 제가 랩에 재능이 있다고요?"

"어."

"그걸 어떻게 알아요?"

"나잖아?"

"형은 딱 보면 다 알아요?"

"알지. 내가 B팀 선발전 때 구태환의 재능을 못 알아봤으면, 쟤는 그냥 폐급이야."

"폐급……."

구태환이 떨떠름한 표정을 지었지만, 사실이긴 하다.

당시의 구태환은 본인에게 리듬감이 있다는 걸 모른 채, 표현력이 중요한 미디움 템포 발라드만 불렀으니까.

내가 구태환을 언급하자 세달백일 멤버들도 긴가민가한 모양이었다.

"아니 근데 시온이가 이렇게 멍청한 방식으로 거짓말을 할 리가 없는데……."

"진짜인가?"

"너무 엉성해서 진짜 같기도 하네."

뭐가 엉성하다는 거지?

나는 그래도 제법 고민해서 운을 뗀 건데.

어쨌든 난 당당했다.

최고 레벨의 재능이라는 건 DNA 레벨에서 결정되는 거다.

수많은 회귀를 하며 직접 확인한 거다.

어쩌면 내 많은 인생 중에 최재성이 랩을 한 회차는 딱

한 번일 수도 있다.

정말 수많은 우연이 겹치고 겹쳐서.

왜냐하면 미국에서 동양인이 랩으로 성공하는 모습을 본 기억이 없기 때문이다.

하지만 한 번이면 충분하다.

그 레벨에서 경쟁력이 있었다면, 지금도 있을 거다.

어설프지 않은 재능이란 건 그런 거다.

그사이 무슨 생각을 하는 건지 한동안 말이 없던 최재성이 입을 열었다.

"근데 시온 형, 랩 못하잖아요."

"내가?"

"형 랩하는 거 B팀 선발전 때 딱 한 번 봤는데."

아, 그렇긴 하다.

이번 생에서는 랩을 한 적이 없지.

"대한민국 래퍼들 일렬로 세워 놓으면 내가 제일 앞에 있을걸."

"확실해요?"

"확실하지."

레전더리 래퍼들에게는 기가 죽었지만, 난 빌보드 최상위권 레벨의 래퍼였다.

1위는 못되겠지만, 0.1%는 된다.

"그럼 쇼미도 우승할 수 있어요?"

Show me what you got.

줄여서 쇼미, 혹은 SMWUG.

몇 년 전부터 핫했던 랩 컴피티션 프로그램을 이야기하는 거라면 당연하다.

"진짜 실력을 보고 뽑는 프로그램이라면."

"형이 우승하고 오면 랩 할게요."

"뭐?"

"신뢰성이 없잖아요."

최재성이 웃으며 이야기하지만 뭔가 좀 이상하다.

자신의 미래 거취에 대한 결정을 내리는데, 이런 태도를 보이는 건 최재성답지 않다.

최재성은 평소에는 장난스럽지만, 의외로 어른스러운 면모가 있는 사람이다.

그런 생각을 하고 있는데 최재성의 말이 이어졌다.

"그리고, 이온 형한테도 조건이 있어요."

"나?"

"마스크드 싱어 명예졸업하면 랩에 도전해 볼게요."

"마싱이랑 랩이란 무슨 상관인데?"

"몰라요?"

"……?"

최재성의 조건은 거기서 끝이 아니었다.

온새미로에게는 싱글을 발매해서 주간 차트 1위를 달

성하라고 했고, 구태환에게는 라디오 DJ 고정 출연을 하라고 했다.

라디오?

구태환이?

"아무도 모르는 것 같은데, 우리 팀에서 태환이 형이 젤 웃겨요."

"내가?"

"그걸 모르기 때문에 웃긴 거긴 한데……. 형은 라디오 하면 재밌을걸요?"

"내가?"

"봐 봐. 벌써 웃기잖아."

그때쯤 우리도 바보가 아니었기 때문에 최재성이 왜 이런 말을 했는지 깨달았다.

활동을 하라는 거다.

자신이 활동을 하지 못한다고 멈춰 있지 말고.

"사실 잘 모르겠어요. 나도 내가 무슨 마음인지."

"재성아……."

"아, 근데 그런 생각은 있어요. 한 5년쯤 뒤에 봤을 때, 오늘이 마냥 웃긴 추억이었으면 좋겠어요. 형들이 막 그러는 거지. 너 그때 엄청 꼴값이었어. 무슨 드라마 주인공인 줄."

최재성이 픽 웃었다.

"진짜로 랩에 재능이 있었으면 좋겠네. 나는 노래를 하는 게 좋다기보다는 형들이랑 사랑받는 게 좋았던 사람이니까."

최재성의 말에 진심을 담아서 말했다.

"진짜야. 위로하려는 거짓말 아니고."

내 말은 들은 최재성이 눈을 둥그렇게 떴다.

"이번엔 진짜 같은데……?"

대체 뭐가 다른 건지 모르겠지만, 난 시종일관 진심이었다.

그 뒤로 우리는 사소한 잡담을 나눴고, 병실을 떠났다.

병실을 떠나기 전 최재성이 마지막 말을 남겼다.

"쇼미, 마싱, 라디오, 싱글. 다 진심이에요. 하나라도 안 지키면 안 돼요."

고개를 끄덕였다.

웃기는 짓이긴 할 거다.

2집 앨범을 내고 리더는 미국으로 건너가고, 최재성이 사고를 당해서 활동을 멈춰 버렸으니까.

우리 팬들의 아쉬움이 아직도 온갖 커뮤니티에 번져 있다.

그런데 갑자기 와글와글 개인 활동을 시작한다고?

진짜 웃길 거다.

하지만…….

한 번일 수도 있다.

정말 수많은 우연이 겹치고 겹쳐서.

왜냐하면 미국에서 동양인이 랩으로 성공하는 모습을 본 기억이 없기 때문이다.

하지만 한 번이면 충분하다.

그 레벨에서 경쟁력이 있었다면, 지금도 있을 거다.

어설프지 않은 재능이란 건 그런 거다.

그사이 무슨 생각을 하는 건지 한동안 말이 없던 최재성이 입을 열었다.

"근데 시온 형, 랩 못하잖아요."

"내가?"

"형 랩하는 거 B팀 선발전 때 딱 한 번 봤는데."

아, 그렇긴 하다.

이번 생에서는 랩을 한 적이 없지.

"대한민국 래퍼들 일렬로 세워 놓으면 내가 제일 앞에 있을걸."

"확실해요?"

"확실하지."

레전더리 래퍼들에게는 기가 죽었지만, 난 빌보드 최상위권 레벨의 래퍼였다.

1위는 못되겠지만, 0.1%는 된다.

"그럼 쇼미도 우승할 수 있어요?"

Show me what you got.

줄여서 쇼미, 혹은 SMWUG.

몇 년 전부터 핫했던 랩 컴피티션 프로그램을 이야기하는 거라면 당연하다.

"진짜 실력을 보고 뽑는 프로그램이라면."

"형이 우승하고 오면 랩 할게요."

"뭐?"

"신뢰성이 없잖아요."

최재성이 웃으며 이야기하지만 뭔가 좀 이상하다.

자신의 미래 거취에 대한 결정을 내리는데, 이런 태도를 보이는 건 최재성답지 않다.

최재성은 평소에는 장난스럽지만, 의외로 어른스러운 면모가 있는 사람이다.

그런 생각을 하고 있는데 최재성의 말이 이어졌다.

"그리고, 이온 형한테도 조건이 있어요."

"나?"

"마스크드 싱어 명예졸업하면 랩에 도전해 볼게요."

"마싱이랑 랩이란 무슨 상관인데?"

"몰라요?"

"……?"

최재성의 조건은 거기서 끝이 아니었다.

온새미로에게는 싱글을 발매해서 주간 차트 1위를 달

성하라고 했고, 구태환에게는 라디오 DJ 고정 출연을 하라고 했다.

라디오?

구태환이?

"아무도 모르는 것 같은데, 우리 팀에서 태환이 형이 젤 웃겨요."

"내가?"

"그걸 모르기 때문에 웃긴 거긴 한데……. 형은 라디오 하면 재밌을걸요?"

"내가?"

"봐 봐. 벌써 웃기잖아."

그때쯤 우리도 바보가 아니었기 때문에 최재성이 왜 이런 말을 했는지 깨달았다.

활동을 하라는 거다.

자신이 활동을 하지 못한다고 멈춰 있지 말고.

"사실 잘 모르겠어요. 나도 내가 무슨 마음인지."

"재성아……."

"아, 근데 그런 생각은 있어요. 한 5년쯤 뒤에 봤을 때, 오늘이 마냥 웃긴 추억이었으면 좋겠어요. 형들이 막 그러는 거지. 너 그때 엄청 꼴값이었어. 무슨 드라마 주인공인 줄."

최재성이 픽 웃었다.

"진짜로 랩에 재능이 있었으면 좋겠네. 나는 노래를 하는 게 좋다기보다는 형들이랑 사랑받는 게 좋았던 사람이니까."

최재성의 말에 진심을 담아서 말했다.

"진짜야. 위로하려는 거짓말 아니고."

내 말을 들은 최재성이 눈을 둥그렇게 떴다.

"이번엔 진짜 같은데……?"

대체 뭐가 다른 건지 모르겠지만, 난 시종일관 진심이었다.

그 뒤로 우리는 사소한 잡담을 나눴고, 병실을 떠났다.

병실을 떠나기 전 최재성이 마지막 말을 남겼다.

"쇼미, 마싱, 라디오, 싱글. 다 진심이에요. 하나라도 안 지키면 안 돼요."

고개를 끄덕였다.

웃기는 짓이긴 할 거다.

2집 앨범을 내고 리더는 미국으로 건너가고, 최재성이 사고를 당해서 활동을 멈춰 버렸으니까.

우리 팬들의 아쉬움이 아직도 온갖 커뮤니티에 번져 있다.

그런데 갑자기 와글와글 개인 활동을 시작한다고?

진짜 웃길 거다.

하지만…….

그 웃기는 짓이 최재성에게 조금의 위안이라도 된다면 못할 것도 없지.

그래서 말했다.

"2018년은 TV를 틀기만 하면 우리가 나오게 해 줄게."

"……."

"2019년에는 너도 나오자."

2018년 4월 18일.

우리는 그렇게 약속했다.

남은 8개월의 활동을 두고.

\* \* \*

아, 근데 그전에 확실히 끝내야 하는 일이 있다.

미국에서 뭔 난리가 났는지 HR 코퍼레이션과 컬러스 미디어에서 계속 연락이 오고 있었지만, 이건 일단 놔두고……

"정말 진행합니까? 라이언 엔터에서 가만히 있지 않을 텐데요."

"시작하시죠."

페이드.

이 새끼부터 잡아 족쳐야겠다.

\* \* \*

아니 땐 굴뚝에 연기 나냐는 속담은 연예계에서는 통용되지 않는 말이다.

이 바닥에서는 아니 땐 굴뚝에 연기가 나는 경우가 많다.

학폭을 안 했는데 했다고 꾸준히 언급되는 경우도 있고, 마약을 안 했는데 했다고 계속 거론되는 경우도 있다.

물론 깊게 따지고 들자면, 억울한 사람보다 뜨끔한 사람이 많긴 하다.

정말 무고한데 억울한 일을 당하는 사람보다 꼬리가 길어서 밟히는 사람이 더 많으니까.

그럼에도 불구하고 억울한 사람은 억울해 죽기도 한다.

난 정말 안 했는데, 한 번 연기가 나기 시작하면 땐 굴뚝이 되니까.

문제는 대부분의 사람들이 실수를 하고 산다는 거다.

마약은 안 했는데, 실내 흡연은 했네?

도박은 안 했는데, 뒷광고는 했네?

이런 식이다.

그러니까 이 바닥에서는 연기가 피어오르기 시작하면 둘 중 하나를 선택해야 한다.

펄쩍 뛰면서 최대한 빠르게 진화하거나, 더 큰 다른 연기가 피어오르길 기도하거나.

아, 더 깔끔한 방법이 더 있긴 하다.

은퇴.

더 이상 연예인이 아니게 되면, 공인이라는 이상한 딱지는 사라지니까.

그런 의미에서 대한민국의 쇼 비즈니스에 발 담근 이들은 최근 한 가지 사실을 깨닫고 있었다.

[테이크씬 페이드, 휴가차 방문한 일본에서 대마초 흡입?]

누군가 테이크씬의 페이드에게 미친 듯이 연기를 피우고 있다.

한데, 그 연기를 기자들이 피우는 게 아니다.

기자들은 트래픽을 원하고, 자극적인 관심을 원하는 이들이다.

그런 의미에서 테이크씬의 페이드는 급이 낮다.

-이 듣보잡은 또 누구냐.
-ㅋㅋ아 왜 걔 있잖아. 한시온에게 사과문 박았던 놈.
-아 커밍업 넥스트?
-ㅇㅇㅇ

그럼에도 불구하고 쉬지 않고 연기가 피어오른다는 건, 누군가 원하고 있는 거다.

페이드의 은퇴를.

그게 누구인지는 순식간에 밝혀졌다.

SBI 엔터가 미친놈처럼 난리굿을 피울 때마다 변명처럼 나오는 이름이 있었으니까.

세달백일의 한시온이었다.

(빌어먹을 아이돌 11권에서 계속)